小説 地獄の門

〈ある青年の死〉

八筈清盛

元就出版社

小説　地獄の門

〈ある青年の死〉

小説　地獄の門…………八筈清盛（本名・元島石盛）

——ある青年の死

またあのことが頭の中に甦ってくる。

みんなみんな、自分が死にに行くことも知らず、ひたすら勝利を抱いて、ただ黙々と前進して行った。前へ前へ……そこは、暗かった。暗い道……山また山の険《けわ》しい道なき道を踏みしめ、踏みしめながら、前進して行った。

暗い夜も夜明けも歩きつづけなければならなかった。ひどい緊張感だった。不安だった。

誰も自分が死ぬとは考えようともしなかっただろう。死ぬべき運命であるとは思いもしなかっただろう。頑丈《がんじょう》な編上靴《へんじょうか》を穿《は》いて、完全武装をして、しっかりと力強く足を踏み締め踏み締めながら、歩いて行った。誰もが二度とここへ戻ってくる意識もなかった。不安だった。気がかりだった。

ただ踏み締める一歩一歩の靴跡は、直ぐに跡形《あとかた》もなく消えてしまうことも考えずに、突き進んで行った。

そして、あの時の仲間は死んでしまった。生きるべき人々であった。だが、任務のために、国のために、国の生《い》け贄《にえ》になって死んだ。誰にも知られずに、戦場で死んだ。

みんなみんな死んでしまった。

その真実を、その死んだ場所を、伝えてくれる人も、語ってくれる人も、今は、もういなくなった。

ああ、ムナシイ、ムナシイ、ムナシイナア……ああ、ムナシイ――と思う。

未知の世界であった。美しい平原もあった。

戸惑う荒野もあった。人の足を踏み入れたこともない、恐ろしい暗いジャングル、密林もあった。濁流の荒れ狂う大河もあった。みんなものともせず、突き進んで行った。

思い出すだけで身も竦《すく》む。身震いする。

だが、みんなみんな、こんな姿になって、今はもう返らない。みんな力尽きてしまって、倒れたのだ。暗い、黒い恐ろしい闇《やみ》の中に。見捨てられて、死んだ。

哀れである。哀れだった。

この世の中で、選ばれて戦場に送られた、われわれの頼もしい友であった。わたしが忘れられない戦友であった。

みんなみんな涙も見せず戦った。

男らしく勇敢に戦った。怯《ひる》むこともなかった戦友だった。

死ぬために必死になって戦って、死んだ。

みんな忠実で誠実な人々であった。

あの山深いコヒマの地で、血まみれになって死んだ。みんなコヒマに行ってから、わたしのことを同情してくれた。優しくなっていた。みんな、いい人たちだった。


ウウッ……みんなみんな……ウウッ――ウウワア……臭い臭い、うーん、生臭《くさ》い……

アオ、青臭イ……ウウッ――

誰も力を貸してくれない。こんなひどい、みじめな……ウウワ……哀れな病《やまい》、チフス、セキリ、コレラ、マラリア……デング熱、黄熱病……ここには、あらゆる病魔が、蔓延《まんえん》している。オレたちの仲間が、みんなやられてしまった。みんな死んでしまった。

こんなひどい姿になって――

「これでは、もう終りだろう。どうして、お偉いさんたちは、人員を補充してくれないんだろう……みんなみんな倒れて、滅《ほろ》んでいるのに、どうして、増援部隊を補充してくれないのだろう!?

これでは、もうわれわれの運命は、終りになってしまう。日本は亡びるんだ! 滅亡《めつぼう》するんだ。こんな状態で勝つ筈はない。どうしてこうなるまで、手を打たないのだ。武器も、なぜ運ばせないのだ。このままでは、ただ滅亡するのみだろう。武器が欲しい。弾丸が欲しい――」

でも、信じよう。信じよう――

後方支援が欲しい。武器や弾薬、そして食糧などの必要なものを、補給して欲しい。こんなことを、もう信じてはならないのに。それでもまだ、諦《あきら》めてはいない。あきらめてはいないのである。

実情を知れば、必ず、後方支援はある。輜重隊《しちょうたい》の支援は、必ずある。絶対にある。

増援部隊は必ずやってくる。そう信じたい。

この作戦、インパール作戦は、「起死回生」の作戦だ！　と言う。それは、捨て身の戦法であった。命令を受けた、陸軍の精鋭である各師団の将兵は、強豪であると言われていた。決戦を覚悟して、この地に送られたのだった。

「必ず勝つ」――この必勝の信念も、お偉いさんたちの、戯《ざ》れ言だろう！　空事《そらごと》……本気になって、そう思っているのか!?　部下に、そう公言するだけ。信じてはいないのだ。お偉いさんたちは、みんな生き延《の》びる道が待ち受けている。約束されている。それでは、どうにもならない。まさか、自滅する戦法を取っているんじゃ、あるまい。

勝利の女神は何処へ行った。

サマトラケのニケ……勝利の女神……そんなものが、この世にいるのか？　いる筈がない。神風、そんなものあるわけはない。

あれは、台風だった。

暴風雨なら、ここには、たんとやってくる。あれは、神様じゃない。破壊するため、われわれを殺すためにやってくるんだ！　人生には、何も残らない。残るのは死体だけさ。

サレコウベ、髑髏《どくろ》だけが、後には残る。白骨化した死骸だけが。――

あの勝利の女神は、ギリシヤ神話の中のものだ。われわれには、ただ無常の風が吹くだけだ。避けようもない、無常の風である。

夢に浮かんだ、あの栄光に輝く、黄金のインパール。そこには、あのビルマのラングーンの空に光り輝いているシユエダゴンパゴダのような、明るい金色の光があったかも知れない。涙と血の、あのインパール……は、いつかわれわれの胸の中に金色の光のようになって現われる。きっと現われる――

その美しい光は、永遠にわれわれの思い出の中から消えることはないだろう。

願わくば、われわれのために、……忘れ去られないことを、切に念じる。

またあの思い出が甦ってくる。

明るい光、美しい光を見たい。きらきらと光り輝く……そんな素晴らしいものを、ずっと思い描いていた。しかし、そんな光はこの世にはない。この先、前の方にも後ろにも明るい光はない。しかし、明るい光が欲しかった。それは、みんな美しいものだった。その素晴らしい光。みんな、そんな光り輝くものを求めていた。それは、憧《あこが》れの栄光であった。その輝かしい栄光を、みんな欲しがっていた。

それは、黄金の光のようなものだった。それは、金《きん》のように貴重なものだった。人間の誇りであった。誰もが欲しい、望んでいるものだった。それは、栄光であり、高い値打ちのある輝かしいものだった。

誰でも手に入れたい、欲しくて欲しくて、たまらない、ひかるものであった！〈われわれを見損ってはいけない。われわれが欲しいものは、われわれの手で、手に入れる――〉そうわれわれは気負っていた。

でも、それは容易に手には入らない。極めて困難な、価値のある栄誉であった。プラチナ（白金）のように。高価なものであった。人間誰もが欲しいものだった。――それらの獲物《えもの》が目の前にある土地。それが、インパールだった。旧コヒマだった。夢のような憧れの明るい土地であった。

しかし、コヒマには何もなかった。そして、インパールには踏み込めなかった。苦戦だった。そこには、獲物が沢山ある。と、念を押して、喜び勇んで前進したのだったが、裏切られた。——

そこには、われわれの欲しい食糧も、武器も弾丸も被服も、ふんだんにある。たんと、ある……と、さも本当のように断言したのに、嘘《うそ》を言う。オレたちは、いつだって騙《だま》される。

まだ見ぬインパールは、インドのアッサム州に近いアラカン山系の麓の谷間にある。そこは、アラカン山系の高い山々に囲《かこ》まれた山里である。そこまで辿り着くのに、われわれがどんなに難儀したか？　遙《はる》か後方にいて指揮を取っているお偉方《えらがた》は想像出来ない苦しい道程《みちのり》であった。周囲の三千メートル以上もある山並みを登ったり下ったりして、突き進んだのだった。想像を絶する苦難の道だった。「死」が絶えず身近かに迫っていた。

そして、やっとインパール街道に近い場所にわれわれは前進して、高地からインパールの方面をはっきり見届《みとど》けられる場所にいた。

「そのインパールは何処にあるの？」

「インパール、インパールは東南アジアの地図を開いて見てみ給え！　先ずビルマを見る。そのビルマの西方にある、北から流れている大河がある。その大きい川がチンドウイン河だ。それを、探す。そこからずっと西の方に、チン高地があって、ずっと山岳地《さんがくち》帯《たい》に入る。それから山また山を辿《たど》ると、ずっと向こうの方に、アラカン山脈の高い高い山々が広がっている――」

その地のコヒマとインパールをわれわれ日本軍が完全に占領すれば、英印軍の主要な軍事物資の補給路を遮断できる。

そうなると、これから、明るい戦いの道が開かれる筈であった。

明るい光が、そこにはある筈だった。

戦争には、絶対に勝たねばならない。戦いに勝つ！　戦場では、敵も味方も、ただ勝つために必死になって、血を浴びても戦う……勝つことのみが使命であった。勝負に勝つことが栄光の道であった。

だが、それは、遙かに遠い、険《けわ》しい戦場であった。「タイム・アンド・タイド・ウエイト・フォ・ノー・マン」(Time and tide wait for no man) 年月は人を待たない。それから、「タイム・フライズ・ライク・アン・アロー」(Time flies like an arrow) 。光陰矢の如し。「タイム・パスイズ・ライク・ザ・ウインド」うん、(Time passes like the wind)。時は風のように流れる。過ぎ行く。ああ、思い出す。いろんな言葉が甦って浮かんでくる。そうだ、急がねばならない。コヒマに残して来たT班長殿、あの優しい軍曹どの、俺が最も尊敬する人、あの人はきっと生きている――そう信じている。あそこにいた仲間たちは、あれからどうしただろう?……中隊長殿も、小隊長どのも戦死されたんだ。

あの頃の日々のことが鮮《あざや》かに思い浮かんでくる。挺身隊、切り込み隊の編成の時に、オレは班長殿と残れ! と、命ぜられて、死を逃《の》がれたんだ。T軍曹殿が分隊長だったので、俺は守ってもらったんだ。運がよかったのか? 悪かったのか、分からない。攻撃隊になって出発した人達は、みんな帰らなかった。みんな戦死してしまったんだ……。

オレは、一人ぼっちになってしまった。

あの班長殿が、あの時、サガレ! と、命令された。あんな状態じゃ、もう役に立たない兵隊だった。みんな一緒に助け合い協力し合い、戦った仲間を残して、オレ一人だけ、後退して来た。コヒマには、あの人たちが残ったんだ。どうしただろう? 懐かしい人たちである。いろんなことが思い出される。

あの時は、みんな元気だった。勝利を胸に秘めて、みんな進撃した戦友である。〝天長節〟までに、インパールはわれわれが占領して、晴れて入場する筈であった。あれは、三月十五日（昭和十九年）われわれは、あのチンドウイン河を渡河した。ひどい緊張をしながら、真っ暗闇の渡河作戦だった。〝もし、歴史に、「イフ」と言う言葉があれば〟――もし、日本軍にイギリス軍と同じような重火器と機械力のある機動部隊があれば、必ず勝利を手に入れた。そして、インパール作戦は、日本軍が勝って占領した。その輝かしい占領の声、バンザイ、バンザイ……万歳、万才……の声が、あの山々の峰に響き渡ったことだろう。各師団の将兵の晴々とした顔、顔……顔がインパール街道に見られたことだろう。満面に浮かぶ喜びの顔、声、声が湧き立って、晴れの入場式が、あった――そして、そのインパール占領の先頭には、必ず、間違いなく、あの人たち、あのビルマの遥《はる》か後方にいた軍司令部のお偉いさんたちの、顔、顔、顔があっただろう――

彼らは、その日をじりじりしながら待ち続けている筈だった。そして、「占領」の朗《ろう》報《ほう》が後方に届くや否《いな》や、矢のように飛んでやってきただろう。そして、この功績は、われわれの知力《ちりょく》によって勝ち取ったものだ。と、誇《ほこ》らしく語る。――

「われわれが、この晴れの占領、入場を果たした勇士であるぞ！」と、馬上から、気取って、堂々とした姿を見せて、高らかに叫《さけ》ぶ。〈威風堂々の行進〉——輝かしい栄光——と、いろいろな形容詞で語られる。ありありとその男たちの見え、虚栄心だ。もし本当に、インパール作戦に日本軍が華々《はなばな》しい戦勝を獲得したならば、内地では、「カッタカッタ……勝った、勝った……」と、大騒ぎしたことだろう……。しかし、もう遅い。それは、夢の中の夢であった。再起不能になっている。起死回生することはない。もう遅過ぎる。どうにもならない。

上の人達が、われわれに近付いて、大声で、わめいても、怒鳴っても、われわれの身体では、もう動けないのだ。手も足も出ない。このまま、後退するだけだ。——食べる物をくれ！　食べる物を……。

オレもかつては、高いプライドがあった——九州に生まれて、九州人、そして生まれ故郷の鹿児島を愛していた筈なのに。あの遠い日々には、若さの誇りで生きていた——いまは、乞食のような姿になって、一人さ迷っている。腹がへって、へって飢えている。

ジャングルの中は、恐ろしい。いつも薄暗い。この密林は、空を覆っている木々の梢《こずえ》が広がっている。何処から何が飛び出してくるか分からない。殊《こと》に今日は暗い……後一

時間、二時間すれば、日が暮れる。辺りは暗くなってしまう〈サンセット Sunset〉へ
ビイ・レイン……怖《こわ》い！

「今日は、何日だろう？　たしか、二十二日か二十……」ぼんやり、その日を思う。

二十三日（昭和十九年）だろうか？　日付は、はっきりしなかった。

「まだ、死にたくない。あのことを知るまでは、死ねない……」

大日本帝国軍人のわれわれは、言葉の通じない敵国の支那、イギリス、アメリカ、豪州の将兵を相手に戦っているのだった。

一

「古里」「故郷」ふるさと、フルサト、ああ、あの町この町、山と川、橋、道々、そして田んぼや畑、畠、松林……野原の様々な風景が浮かんでくる。そこには、わたしの親しい、優しかった村の人びとがいる。集落があり、町並みも、今もはっきり思い浮かべることができる。愛情深いやさしかった、愛する父も母もいる。いつも小さい頃から、優しくいたわり、励ましてくれた人々がいる。いつも見守ってくれたあの人たちに、何一つ別れの言葉〈さようなら、サヨナラ〉も言わなかった。お礼も言わずに、オレは、こっそりと、故郷を離れてしまった。今も、あの日のことを、わたしは忘れていない。あんな慌《あわただ》しい別離をしなければならなかった。この世の別れに、あんなひどい別れ方をした。辛かった。腹も立った。悲しかった。しかし、涙も見せなかった。

みんな、召集されると聞けば、いろんな人たちが、訪ねて来て、みんなで出征兵士として名残りを惜《お》しんで送り出される。それなのに私の場合は、違っていた。家では、父も母も、村の人びとを呼んで、別れの宴《うたげ》を開きたい……と言ったが、オレは、その申し出を無下《むげ》に断《ことわ》ってしまった。事が事だったので仕方がなかった。……あの懐かしい古里のことを、いつも忘れない。忘れずに、心の隅に意識している。人間は、目立つような男になることが、一番の出世の道である。それを知っていて、俺は目立たない人間となって、静かな人生の道を歩む……そう思って、大学を卒業した時に、両親の許に帰った。そして田舎の英語教師になってしまった。役人になればよかったのか？……頭が良い者は官僚になった。その方が両親を安心させる道だったかも知れない。安定した安全な人生だったかも知れない。あれから、時代はだんだん変って行った。軍人の世界が目立ち始めるようになった。

大人も青少年たちも、時代の空気に敏感になって、巷《ちまた》の話題は戦争に傾《かたむ》いて、大きい関心を持って、いろいろ語られるようになった。「これからは、軍人の世界だ！」みんな、有名になりたい――そんな空気だった。

わたしは、故郷のことの様々な様子を思い出していた。そして、あの高野辰之の詩を、口にしていた。

兎追《うさぎお》いしかの山、小鮒《こぶな》釣りしかの川、
今《いま》もめぐりて、忘《わす》れがたき故郷《ふるさと》。……

あの歌が甦ってくる。小声で口ずさむ。声は、雨音に掻き消される。雨音だけが激しく大地を打ちつづけている。

ここは高台になっていた。大樹のそばの足許を、さっきから水が流れ始めていた。その川のような水の流れに、すっかり濡れてしまったボロの編上靴は浸《つ》かっている。けれども、もう気にはならない。投げだした足を、じっと見つめていた。どう仕様もなかった。

わたしは、朝からずっと、あのことを、——世の中は、みんなが平和に静かに生きる世界にはなっていないらしい。平穏《へいおん》な生活が、人間の幸福な道であることを、念願する人は、いないのだろうか……？　と、思いつづけていた。「まだ、死にたくない……」わたしは、小声で呟いていた。「大日本帝国は、昔から、排他的で鎖国主義の国だから、どう仕様もないか——」と、悲しかった。

朝からずっと不安だった。怖かった。きょうは、二十三日——そうだ。確《たし》か六月二十三日だろう。だが、二、三日は狂《くる》っているかも知れない。いや、もっともっと数《かぞ》え違いしている。はっきりと暦《こよみ》のとおりの日付にはなってはいないかも知れない。それでも、六月の下旬にはなっているだろう。メモはない。

今日は朝からずっと間断なく雨が降りつづいていた。発達した積乱雲の大きいのが、モクモクと盛り上がって、密林の上にかかって、気流の流れが上下しているのか？　それが不連続線の前線なのか……全くわからない。土砂降りの雨だった。豪雨だった。凄《すさ》まじい雨だった。タライをひっくり返したように、瀧のような水が、ザーッ……ザァーッと、音をたてて落ちてくる。

体がバラバラになりそうだ。激しく叩く荒々しい水流が、防雨外套《ぼううがいとう》の上に天幕で覆《おお》って、頭に被《かぶ》っている鉄カブトを突き飛ばす。じっと耐える。動くと危ない。と思う。汚《よご》れた軍服の軍袴《ぐんこ》はところどころ破れている。その膝《ひざ》の上に、しっかりと抱き締めている背負《せお》ひ袋《ぶくろ》の中には、ぐっしょり濡れた下着や毛布が入っていた。

「寒い。凍え死にしそうだ……熱があるのか？　分からない。体が冷えているのだ……このまま、死にたくない。死にたくない。

無念だ！ 悔《くや》しい。口惜しい――」

わたしは、ぐっと力を入れて歯を食いしばる。寒い。身体がガタガタ震えている。飢えているのに……空腹を忘れている。

時間は、完全に止まってしまったようだった。ジャングルの中で、嵐のような暴風雨に、じっと我慢して、わたしは動かない。怯《おび》えている。時の流れは止まった。ここでは死んでしまった。空は暗く、雨だけが、荒々しく、ザァ、ザーッ……と、叩きつける。

雨は止みそうもなかった。

ここビルマの西方に位置するチンドウイン河の地域一帯は、運悪く今は雨季の最中だった。わたしは、ずっと緊張していた。怖かった。――声がする。ああ、あの声だ！

ふっと眠りに引き込まれた時であった。

「お前は、父と母にとっては、大きい誇《ほこ》りだった。ユウ・ア・アワーズ・ファミーリーのプライドだぞ！ しっかり、頑張れ……」

「ジロウ、お前は、プリンシパルに、なれる人間だろう……しっかりするんだ！ いいね、用心して――眠るんじゃないぞ！」

わたしは、雨に打たれてずぶ濡れになりながら、幼い頃のこと、子供の頃を思い出していた。優しかった父のことが、無性に懐かしい。いろいろ思い出す。坂の上にあった、通りに面した（仕立屋）に、父に連れて行かれて、洋服を作ってもらった――あれは、霜降りの上等な洋服だった。あれは、小学校の二年生の時だった――

〈あれは、尋常小学校に入ってからのことだ。父は、わたしと兄をあの広い部屋に呼んで角力《すもう》を取ってくれた。その縁側の所の柱には、われわれの背丈の伸びを、計ってくれた、柱の傷が、年毎に刻まれている。

あの頃は、楽しかった。いつも明るく、いろんなことがあった――

オレは兄さんよりも、ずっとチビッ子だった。大きい父親の身体にしがみついて、力一杯角力《すもう》を取ったが、なかなか父を負かすことは出来なかった。それでも、時には、あの父の足を取って、畳《たたみ》の上に、父の体を転ばしたこともあった。父がわたしたちを喜ばせるために、わざと、芝居をうって、負けてくれたのに、大変喜んで、有頂天になったものだった。……あんな楽しいことも、もう忘れてしまっていた。父は、畳《たたみ》の上に坐ったまま、〝オオ、マケテシモウタ……オオ、ジロウはツヨイ、ツヨイネ……〟と言いながら、笑顔でオレの頭をなでてくれた……、そこには、兄もいて、兄も父と一緒に角力を取って、大喜びして、キャアキャア……言って、父を負かしたりした――あんな日々

があったんだ〉

　思い出していると、涙が流れてくる。

いろんな家の場景が浮かんでは消える。あの縁側《えんがわ》に出て、広い庭の様子を眺めながら、父は坐って、お茶を飲んでいる……村の人たちと笑顔で話している。懐かしい。心の優しい父の笑顔、とてもものの分りのよい父だった。父は、村人たちに慕《した》われていた。いろんな相談ごとにも、面倒くさがらずに、いちいちみんなに親切に話しかけていた。

　母もやさしいひとだった。さまざまな笑顔が思い浮かんでくる。

〈父は、どうしているだろう……?〉

「おとうさん、お父さん……おかあさん――」わたしは、力の限り父を呼んでいた。

　音もなく、死が近づいている。

　物凄い、激しく叩きつけるような雨は、待っても待っても、止みそうにない。これでは動けない。動きが取れない。オレは、いらいらしている。何処にも、逃げられない。

「オトウサン、おとうーさん――」涙を流しながら叫《さけ》んだ。父と母の顔が、目に浮かんだ。「おかあさん、おかあさん――」

　明るいわが家の姿が、はっきりと思い浮かんでくる。いつも夢に見る、明るい楽しかった日々であった。満天の空に光り輝いている星、星を眺め、父と母のことを思い、涙を流したことが、どれだけあっただろう。

戦地に来てから、いろんな場所で……コヒマの敵と向かい合って戦っていた頃——

こんな生き方をしている、自分の運命について、いろいろな不安と後悔に取りつかれて、悩んだり、絶望したりしたことを、さまざまに考えてしまう。自分が死ぬ時に、何が大切だったのか？　と思う。

この大東亜戦争のために、多くの日本人の家族の血が完全に消えて行く。「血統」が、完全に絶える。血筋が絶える。亡《ほろ》びてしまう。それが、この世の運命なのかも知れない。「滅亡《めつぼう》……」悲しい。じっと眼を瞑《つぶ》って、考えていると、あの〝耳なしホウイチの話〟の文章がはっきりと甦ってくる。忘れてはいなかった。頭は、まだ大丈夫だ！　しっかりしている。“The Story of mimi-nashi-Hoich” ザ・ストリィ・オブ・ミミナシ・ホウイチ——

メッボウの歌が聞こえる。「あれは、滅亡の話であり、滅亡の歌だ！」安徳天皇は、六歳か七歳でニイの尼《あま》にだかれて、海に飛び込んで死んだ。壇の浦で平家一門と共に海中に沈んだ。昔から、いろんな戦《たたか》いがあった。そして、人びとは死んだ。

〈みんな、滅亡する。消滅するんだ――人は死ぬ。人は滅ぶ……〉生きていれば、いろんな体験をする。そして人知れず死んで行く。

日本の歴史の中には、武家社会があって、多くの骨肉相争《あいあらそ》うことがあった。頻繁《ひんぱん》に権力争いをしたり、勢力争いをしたり、神道と仏教の争いで、幾つもの一族郎党が滅ぼされている。騙《だま》し討《う》ちにあったり、火をつけられ焼き殺されたり――万世一系の天皇家でさえも、ひどい殺し合いによって、消滅している。

どんな理由にせよ、人間の死は一家の消滅に繋《つな》がっている。

あの有名な人徳《じんとく》のあった聖徳太子でさえも、死後、その子孫《しそん》の一族郎党は、暗殺されて死んだ。そして家系は完全に消滅してしまったらしい。人間はどんな人間でも、遅かれ早かれ、みんな死ぬ。死んでしまう。

金持ちも貧乏人も、偉い人たちも――みんな死ぬ。父が兄が弟が、一人息子が、かけがえのない人びとが……大切な主人、夫が――戦地に行って戦死してしまう。何処で死んだのか？　消息も判《わか》らない。誰も知らない場合も、幾つもある。

ああ――世の中は、よくなって行くのか？　さっぱり分からない。しかし、誰かが得《とく》をして、にんまりと狡《ずる》そうな顔をして、ほくそ笑《え》んでいるかも知れない。いつの世の中にも、こっそりとうまいことをして金持ちになって、平気な顔をしている人間はいる。貪欲《どんよく》でどうにもならない、煮《に》え切《き》れない者もいるだろう……世の中は、おかしいもんだ。おかしい。おかしい、まともではないらしい。

「忠孝の精神」〃君に忠に、親に孝に――〃〃忠ならんとほっすれば、孝ならず――〃〃孝ならんとほっすれば、忠ならず――〃

そして、みんな呆気《あっけ》なく死んでしまう。今まで、近くにいた人が、ある日、突然、消えて、いなくなってしまう――兄さんも死んだ。そしてあの弟も呆気《あっけ》なく死んでしまった。

そんな、遠い日のことを思うと、たまらなく淋しかった。そして、そんな孤独な思いの中から、ひょっこりと、あの懐かしい記憶が、錯覚となって、あのまぼろしの声が、はっきりと聞こえた。耳許に、その声は諭《さと》すように語りかけてくるのだった。

いつの頃からか、死んだ兄の声が、耳もとで囁《ささや》くようになった。ぼんやりしていた時、死んだ兄が、突然声をかける。いつも、危険な時に、注意してくれる。励《はげ》ましてくれたり……語りかけてくれる。間もなく死ぬかも知れないオレのことを、兄は心配しているのだろう――それで、オレは、運よく助かっている。「死んだ兄さんが、オレを、いつも見守ってくれるんだ」オレは一人ぼっちじゃない。と思う。

道に迷った時、不安になると、不意に声がする。夢ではない。はっきりした声だった。

「おい、ジロウ、方向が違うぞ！　そっちじゃない――」「おい、ジロウ、ぼさぼさするな！　気をつけろ！　気をつけないと、危ない！　しっかりするんだ。いいか、気をつけろ――急《いそ》ぐんだ……急《いそ》げ――」

「気をつけろ！　ジロウ、寝《ね》ちゃいかん。眠《ねむ》っちゃいかん！　しっかりせい！　眠《ねむ》ると、死んじゃうぞ！　危《あぶ》ないぞ！　今死んだら、もう、何もなくなってしまう――」

〈そうだ。そうなんだ……〉と、はッとする。危ない時、いつも声をかけてくれる。注意してくれる……嬉しい。助かる。助かっている。あの兄さんが、生きていて、そばにいてくれたら、どんなに力強く、頼りになっていたか……どっちにしても、もう助からないのかも知れない。運がわるかった。

「あの男を、敵にしたから、いけなかったんだ――」〈あの男の機嫌《きげん》を取って、おだてておけば、喜《よろこ》んでいたんだが――中学生なんか、かばうことはなかった――でも、どっちにしても――ああなった……〉時が時だから、軍人には逆《さか》らっちゃいけなかったんだ。負けん気が強かったオレも、理性を失った……いつの間にか、気が弱くなっている。

だから、いまは、素直になって、どんな時にも耳を澄まして、用心している。

運命には、もう逆《さか》らえない。

兄さんの声が、今は唯一《ゆいいつ》の救いとなっている。注意深く、声を聞いている。

「おい、ジロウ、くたびれたのか？　ゆっくり、休《やす》んでおけ！　心配するな。俺が、お前の代《かわ》りに、不寝番《ふしんばん》になるから、安心して、眠れ！……心配するな。いいか、ゆっくり休め――気にするな。大丈夫だから、眠《ねむ》るんだ！　眠《ねむ》っていろ――」いい兄さんだ。嬉しい――何もかも忘れて、眠ってしまう……

「ウイズ・ミイ（with me）さァ、一緒に行こう……」……

「ウイズ・ユウ（with you）さァ、行こう！　元気を出せ！……」……

「明るい光を、見つけるまで、頑張れ！……」……「……グッド・ウェル（good well）……ヴェリー・ウエル（very well）……ゴオ・オン（go on）……テイク・オン・ストレイト（take on straight）まっすぐな――」

いろんな言葉が聞こえてくる。

「敵が!?　……テキか……いや、違う、違うんだ……あれは、兄さんの声だった――」

ハッとして怯《おび》えたが、やがて、また眠りに落ちてしまう。

暗い梢から、雲がどんどん溶《と》けながら、瀧のような水が落ちてくる。ある錯覚が恐怖になっている。運がよい……水の流れのそばに、さっきの鉄カブトは、伏せてころがっている――不連続線の雲の「前線」が、真上にとどまっているんだ！　ここからは逃げられない。

目の前で、激しい音がした。ドタッ！

「アブナイ……」大きい枯れ枝が、ポキッと折れて、ドスーンと、大地に落ちてきた。危なかった。ハッとした。もう少しで、当たるところだった。死んだかも知れない。ぞッ……とした。「もし、死んだら……」

時どき、そんな不吉なことを、いきなり考えたりする。密林では不意に枯木が落ちてくる。わたしはまた、父と母のことを思いつづける。父と母には申し訳ない……と、いつものことを考える。心から後悔していた。

いつまでも、あの両親のそばにいて、優しくして、孝行してやりたかった。考えれば考えるほど口惜しい。――まさか、あんなことになろうとは、思いもしなかった。不運だった。あれは、アクシデント（accident）だった。

世の中には、頭のおかしい人間が、うようよいるんだ。自分が自分が……と、思い込んでいて、頭デッカチになって、何でも自意識過剰《かじょう》になって、道を誤《あやま》ってしまう――そして、人を不幸に追い込んでしまう――軍人も官僚も偉くなると、おかしくなるらしい――

戦争は、「神」だけを頼りにしても、どうにもならない。神功皇后のような偉い人は、もう日本にはいないんだ――陣頭指揮を取る立派な指揮官は、いないらしい。

様々なことを考えていると、だんだん年老いて行く、父と母のことが、心配になって、愚《おろ》かだった自分に腹が立って、身を切られる。涙が流れてくる。

「生きて帰りたい……あの父と母のために、どんなことがあっても、生きなければ――」と、しきりにそう思った。

――ごめんなさい。カンニンして、許して下さい――ぼくは、親不幸者になってしまいました。ぼくは、お父さんとお母さんのために、真面目《まじめ》に真剣に生きていたのに、残念だ。無念だ――あの兄さんが生きていたら、よかったんだが……あの兄さんが軍人になっていたら、ぼくの考えも違っていたかも知れない。ぼくも軍人志望になって、職業軍人の道を選んだかも知れない――そして、このインパール作戦には、将校として派遣されて、戦っていたかも知れない。薄情な将校になっていたか――部下のことを親身になって考える人間になっていたか、猪突猛進《ちょとつもうしん》する勇敢な将校になっていたか？　分からない。

「狂気」になって、神がかりになっていたか――戦争を面白がって、「英雄」になりたいと、夢中になっていたか……分からない。繊細《せんさい》な感覚の人間になっていたか、部下たちに嫌《きら》われる将校になっていたか――上官にへ、へ、へらへらする人間になったか？　しかし、軍人になった以上、どんな場合にも、命令に従わねばならないのだった。

われわれのように、最下級の兵卒は、命令には絶対服従しなければならないのだ。

大東亜戦争の初めの頃は、連戦連勝だった。「勝った、勝った……バンザイ、バンザイ……」夢のような話だった。今思うと、信じられない気がする。ミッドウエイ海戦、ソロモン海戦、アッツ島玉砕、キスカ島、アリューシャン列島を放棄、あの強がりの気取った海軍がミッドウエイ海戦でもやられ、ソロモン……ガダルカナル、ニューギニア……次々に苦戦を強《し》いられて負け戦《いくさ》が続いて行く、どこまで落ちて行くのか――分からない。

どこの戦場も新《あら》たな補給が続かない。戦力の補充が続かないらしい。

どこでも援軍を送れず、ことごとく孤立した戦《たたか》いになってしまったらしい。

いつか、この戦争も終る。必《かなら》ず終るのだ。だが、それがいつなのか――
わたしと一緒に召集された補充兵と現役兵の仲間たちは、あれから、みんなどうしただろう……内地に残った者もいたようだが、今も、みんな元気に生きているだろうか？外地に送られた者は、無事に輸送船は、目的地に着いただろうか……

バシィ海峡や台湾海峡でさえも、敵の潜水艦の出没で、常時《じょうじ》魚雷攻撃で、船は沈没している……「死」は絶えず身近かに迫っている――「みんな、死ぬんだ。死ぬために、戦場に送られる。生きるためではない、死ぬために兵隊は――」みんなみんな、かわいそうだった。あんなに、内地の内務班で、古年次兵たちに、おどされ、いじめられ……酷使され――おまけに、あの「軍人勅諭」を覚えるのに、みんな泣かされたんだ。どうして、あんなにコマゴマと言葉を指摘《してき》して、意地悪をしたんだろう――自分たちは、一字一句間違いなく覚えていたんだろうか？……ひどいものだった。――同年兵だった仲間の顔が思い浮かんでくる。H、I（i）、K、T、N、M、O、Y……みんな地獄の中でよく耐えていた。がんじがらめの掟の中で、堪えねばならなかった。いつの時代になっても、武家社会は温存《おんぞん》されていた。われわれ日本民族は、青年になると、男は徴兵の義務がある。

デュウティ（duty）義務、それは、国民が果たさねばならない男の義務、奉仕であった。

軍人勅諭の中に、一、軍人は忠節を盡《つ》くすを本分とすべし。一、軍人は禮儀を正しくすべし。そこには、はっきりと階級社会の厳しい掟が示されている。みんなそのために、軍隊に入営して内務班に配置されると、様子も分からずうろうろしてしまった。

わたしは、幸《さいわ》い召集前に「軍人勅諭」をしっかり覚えていたので、仲間の初年兵に、「ジロウさん、〝軍人勅諭〟と〝戰陣訓〟を教えて下さい……」と、頼《たの》まれて、みんなと一緒に、いろいろと勉強をした。

みんな初年兵は、召集兵も現役も涙を流しながら、必死になって覚えていた——かわいそうだった。無駄なことを、無理矢理に覚えさせて、さんざんいじめられたんだ。あげくの果ては、みんな、死に追いやられてしまった。「軍人勅諭」と「戰陣訓」を暗記することを、少しずつ少しずつ覚えるように、わたしは、先ず諭《さと》してから、繰り返し繰り返し、口ずさんで、みんなに暗記する方法を伝えた。あの頃のことを、今はぼんやり思い出している。

いちいち文字や漢字を覚えさせるのは、無理だった。文字や言葉や漢字など、気にせず、バカの一つ覚えで、とにかく音《おん》だけで覚えるように、みんなに教えるのだった。繰り返し繰り返し、念仏のように口ずさむように……そう言った。みんな真剣だった。みんながだれると、みんな一緒になって軍歌を歌った――

気分が晴れると、また繰り返し繰り返し呪文《じゅもん》のようにとなえた。心のつながりで、みんなで力を合わせて助けることを誓った。

そして、何日かすると、びくびくしていた初年兵の顔は明るくなったように見えた。

同年兵だった仲間のみんな……あれから、どうしただろう？　懐かしい。あの頃、妬《ねた》まれたのか？　オレは、どやされたり、殴《なぐ》られたり、蹴《け》っ飛ばされて、鼻血をだしたりしていた。そんな様子を、みんなは、ハラハラしながら、苦しそうに眺めていた。あの仲間たちは、いったい、どうしているんだろう？　生き残っているんだろうか――

軍隊の内務班は、全く変った世界だった。まるで、徒弟制度のように、青年になっていた立派な大人たちを、丁稚《でっち》、小僧《こぞう》のように、意地悪いことをして、初年兵をバカみたいにこき使う……絶対服従の精神を強要《きょうよう》された。

理論とか理屈《りくつ》など、全く通じない。まるで牛馬のように？　いや、違う、動物の馬や牛の方が、人間よりも大切にされる。班長殿は、物分りのよい人のように見えても、決してわれわれの味方ではなかった。

何かで、いじめられて、ひどい目にあっても、「要は、要領よく、やるんだ。辛抱するんだ――ここは、娑婆《しゃば》とは違うぞ――」

要するに、古年兵たちの機嫌《きげん》をうまく取って、あいつらに嫌《きら》われないように、気をつけるんだ。お前は、学歴があるから、妬《ねた》まれる。いやがられる……だから、みんなに妬《ねた》まれないように……と、諭《さと》される。

十人十色の軍人の機嫌を取るのは、骨《ほね》が折《お》れる。人間はカメレオンのように、咄嗟に色は変えられない。変身できないから悲しい。

娑婆《しゃば》（軍隊では、普通の社会のことを）では、軍人さんは、お国のために尽くしているんだから、みんな偉い人間のように錯覚して尊敬されている。お国の奉仕者だから、みんな私利私欲を捨てて、真剣に真面目に働いていると信じられて、尊敬されるのだった。

しかし、内実《ないじつ》は、必ずしも、その通りではない。いろんな人間が、それぞれの階級の中で、四苦八苦《しくはっく》しているように感じ取られるのだった。

軍隊の内務班のことを、本当に理解して知ってしまうと、案外、馬鹿げている——わが国の役人が偉い偉いと言っても、軍人も役人だし同じような体質を持っているのだから、どの人間が本当に偉いのかは、一概《いちがい》には言えない。元《もと》もと人間は動物なのだから、どんな人間も欲望を持っている、貪欲《どんよく》でしみったれであるか……によって、それぞれ評価は違うようだ。この世に、私利私欲のない、大慈悲《だいじひ》の心のある人など、いる筈《はず》はない。

軍隊に、「率先垂範」と言う言葉はあっても、そんなことが、忠実に実施されることなど、本当にあるのか？　分からない。疑わしい。「苦楽を共にする……」と、初年兵は教えられても、長い年月軍人になっている偉い人たちが、その真の意味を理解していなければ、「地獄」の世界はなくならないだろう。

そこは、明らかに「軍人勅諭」の示す、階級社会だから、内務班の生活そのものが、基本になっているのだった。

うまいものは、みんな上の偉い者から先に食べる……そして、最後に残った物を、最下級の者が食べさせられる……だが、それは、みんな食べ残した物だった。

だから、軍人は、人を押しのけてでも、絶対に偉くならなければ、いけないのかも知れない。自分が思うように行動出来るように、いろんな争《あらそ》いがある。

そして、偉くなった人は、何事にも多少の失敗があっても、大目《おおめ》に見られる。滅多に責任を問われることはない。我《わ》が儘《まま》が許される。間違っていても許される。責任は取らなくても、階級はちゃんと生きていて、適宜適切《てきぎてきせつ》に、途中から栄転の道が開かれている。生きる道が、必ず用意されている。

残念なことに、われわれは、運に恵まれなかったのだ。われわれの師団は、全力を上げてコヒマに進出した。しかし、武器、弾薬、食糧を補給してもらえなかった。インパールを直ぐ近くにして、足止めを食ってしまった。どうにもならなかった。戦争とは、前線では……勇気だけでは、どうにもならないのだ。

敵の英印軍は、ますます強行な機動力を集中して、われわれを恐怖のどん底に追い込んだ……激しい重砲撃が繰り返される。

戦車が次々に現われる。そして、あの恐怖の飛行機が、空から降ってくるように攻撃をかける……ホーカーハリケーン、スピットファイアー、ムスタングP51、それにサンダーボルトP47、トマホークP40――ロッキードP38、双発双胴《そうはつそうどう》のように見える身軽なP38、ゆっくり空を飛び廻るモスキート、あれは、木金混合《もくきんこんごう》の飛行機らしい。それに、ノースアメリカンB25、B24のコンソリディテッドの大型の爆撃機……地上を這うように敵機は銃撃し、爆弾を落として駆け抜けて行く――その後から、新たに野砲とか山砲の重砲の総攻撃である。大地が吹っ飛んで、砲弾の破片と土砂が……降りかかる。

生きた心地はしない。死ぬ……と思った。

そんな時に、前線のわれわれの所に、姿を見せるお偉いさんはいない。遙か後方から、なお攻撃をせよ！　と、命令だけは届く。必ず、繰り返して届く。

「何をしている……攻撃、攻撃、攻撃をせんか！　何をやっている。ボヤボヤするな――」ああ、何たる命令――弾丸はつきそうになっているのに、無茶な号令、命令だけを叫ぶ――それが、あのわれわれの有名な、あの軍司令官の声だった。――みんな、疲れている。みんな、腹をすかしていた。

弾丸はない。心細い。〈武器をくれ……弾薬を届けてくれ〉どんなに叫んでも、何も答えてくれるものはいない。

こんな時、慈悲深い、真の人間らしい、畏敬の念をいだける指揮官が欲しい。――でも、かつては男らしく率先して陣頭指揮を取って、勇ましく戦った、真の英雄らしい軍人も、何人もいた。そんな立派な勇敢な隊長は、ことごとく戦死している。

あのアリューシャンのアッツ島で部下と運命を共にして玉砕して散った山崎大佐……

そして、この地のビルマの空で戦った、空の軍神加藤建夫少将――インド洋のベンガル湾のアキャブの上空で戦っていた部下の姿を見失って、探し廻って空を飛んでいた時、敵機が不意に襲いかかってきて、やられて、敢え無く――海中に没してしまった。

いろんな戦場で、数々の武勲を立てて、日本軍が勝つために、必死になって、自ら指揮を取って自《みずか》ら戦った。立派な日本軍人であった。そんな男らしい部隊長や指揮官が、かつてはいたのだ。

死を恐れなかったのではない。死を覚悟して、男らしく堂々と戦って死んだのである。それなのに、何でこんなおかしい作戦が続行されているんだろう。

途中で出会った兵士、兵隊は、みんな敗兵のようになって、力なくさ迷っていた――戦う武器も弾《たま》もない兵隊たちは、死の影を負って、トボトボと歩いて行く――

誰も、助けてくれる者はいない。食糧を与えてゆっくり休養させてくれる所はなかった。みんな、「おお、ご苦労ご苦労……大変だったなァ……ここで、ゆっくり休んで、炊《た》きたての温かいご飯を、ゆっくり食べてくれ……」そう言って、優しくいたわってくれる言葉を期待していたのに、何処でもうらぎられてしまう……。日本軍には、そんない、い、い、い、いこころづけなど何処にもなかった。

日本軍の指揮官というのみんながみんな、素晴らしい偉い指揮官ばかりではない。中には、猪突猛進型の勇猛心だけで、思慮の足りない、戦術戦略を押し進める指揮官もいるのだ。そんな指揮官は過去の栄光を夢みて、神がかりの、どうにもならない狂人的な軍人――そんな人の部下になった者は、不運だった。

満州事変、支那事変――から、だんだん日本軍は、支那大陸、満州大陸を支配しようとして、活路を求めて、行動を展開しながら、思うように戦争はうまく進展しなかった。日本軍は、イギリス、アメリカ、フランス、オランダの諸国の植民地政策を、われわれの手に握り取ろうとして、やがて、大東亜戦争は開始されたのだった。

東南アジア一帯を日本軍が占領して、旭日の勢いで戦闘は展開されたように見えた。

あのカッタ、カッタ、カッタ……の浮かれ方、ちょうちん行列、旗行列――日本中が沸《わ》き立《た》ったように、勝利に酔っている時期もあったのだ。あれは、夢のように思われる。

あの頃、オレは、中学校の英語教師として、アメリカの作家のナサニイル・ホーソンの「トワイス・トールド・テイルズ」(Twice Told tales) の中の〝人面の大岩〟を中学校の生徒達に、英語の授業に取り上げて、教えていたんだ。あの物語は、とてもいいストーリーだった。「The Great Stone Face」〈ザ・グレイト・ストン・ヘエイス〉懐かしいなァ。ああ……あんな物語、あれは、アメリカの平和な肥沃《ひよく》な谷の土地に暮らしている少年アーネストの一生の物語のようなものだった。

昔から、その谷には、「人面の大岩」と呼ばれる、雨風にさらされて、自然に完成された彫刻のような、人間の顔を持った偉大な巨岩があった。そして、人々の言い伝えによれば、いつか、その谷には、その「人面の大岩」にそっくりな顔をした偉人が現われる。

その人は、心の広い大慈悲《だいじひ》のある人で、誰でも……みんなを幸福にしてくれる――と言う噂があった。

――ある日の午後、太陽が沈みかかっている時、一人の母親と幼い息子が、丸太小屋の入口の所に腰かけて、その「人面の大岩」の話をしていた――そのアーネスト少年が、だんだん成人して、母が教えてくれた、この谷に生まれて、遠く異境に旅立って行った人が、やがて成人して、一角《ひとかど》の人間になって、成功して、故郷に錦を飾って帰ってくると噂が伝わる――その人は、金持ちの商人になって――ギァザゴールド（Mr. Gathergold）と言う大金持ちの老人であった。そして、谷に住んでいる人びとは、その人がやってくるのを、みんなで待ち構えている。

あの物語を、もっと、やさしく、面白く楽しく説明すれば、生徒たちは、たとえ英語だったとしても、しっかりと勉強したかも知れない。英文法など、どうでもよかった。英語は難かしい。敵性語である。そう言われるようになった、あんな時期に、英語を真剣に学《まな》ぶ少年は、だんだん少なくなっていた。

今思うと、日本には「大慈悲」と言う言葉はないのだ。日本人は――分からない民族だ！　オレには、だんだん理解できないことがあり過ぎる……淋しい。悲しいことだ――

日本人は、優越感の強い民族である。絶えず背伸びして生きている。日本人は、昔から好奇心の強い民族である。そして頭でっかちで、えばりたがる習性《しゅうせい》がある。

戦争には、全く役に立たない竹槍《たけやり》など作らせたり、実戦には全く意味のない大型の戦艦を作って、えばりちらしていた。そのために、多くの兵士たちがどれだけ辛《つら》い苦しみを味わわねばならないか……

外国から、いろんな技術を取り入れて、織物や機械、自動車、トラック、戦車、汽車、飛行機、時計など……何でも、ほとんど外国の製品そっくりの物をこさえて、産業は発達したのだった。

実に、物マネのうまい民族、特に工業製品に優れた才能を発揮した。大日本帝国の軍隊で使用している兵器のすべてが、外国から輸入して、それを、日本式に改造して作りかえたものだ。それらは、全て日本人が発明発見したように、多くの人が錯覚している。

そして、そのために日本人は、頭がよくて優れた民族で、日出《ひい》ずる国の民——聖徳太子のように誇り高い日本人がぞくぞくと現われて、やがて、大それた大戦争に発展してしまった——もう取り返しは出来ない。

日本軍の戦力が、いかに劣《おと》っているか？　敵と戦ってみて、初めて気付いても、どうにもならない。それを、承知の上で、上層部の偉い人たちが、戦争をつづけているのだから、怖い。日本人は、「事大主義」で、嫉妬心《しっとしん》が強く、意地が悪い。その上狡猾《こうかつ》で、征服欲が強いから始末が悪い——

前線では、アメリカ軍もイギリス軍、インド軍の兵士も、自動小銃を持ってドドドドド……ドドドド……と、攻撃してくる。

それに対して、われわれは、三八式歩兵銃で一発一発弾丸を込めて、照準を合わせて引き鉄を引いて戦っている。そして斬り込み隊も、隊長は軍刀を持って、敵の陣地に向かって、切り込みの突撃をする。

われわれは銃に着剣して、手榴弾だけを頼りに突撃をする——どう見ても、勝ち目はない。それでも、勇敢に戦う……

みんな、殺される。突撃して玉砕する。

それでも、やれやれ……戦え、戦え……と言う。命令は、次々にやってくる。

敵の英印軍がどんな化学兵器を持っているのか、事前に詳細に調査すべきだった——日本軍の中にも過去の戦いに華々しい功績を上げた、有名な将軍、指揮官はいる。現にわれわれは、その指揮官の許に、善戦していた。……しかしこの近代戦の最中に、知性、知力、知恵が本当に足りているのか、分からない。センスがないのか？　心がおごって賤《いや》しくなったのか？　功を焦《あせ》って愚《おろか》になっているのか？　出世のことを考えるあまり、センス（Sense）、感覚、五感がマヒしてしまったのかも知れない。それでは、もうどうにもならない。

戦術も戦略も一方的に友軍が優位で、敵の作戦は失敗することを前提に、机上作戦の演習がなされたと言う。どんなに偉い人たちが集まっても、助言もできない。センスのない……きら星の如き階級の人、人が立ち並んでいても、敵の方は、われわれの力に押されて、逃げて行く……と、思ってしまう。

そんな子供の戦争ゴッコのような作戦を、どれほど回数を重ねても、援軍を送れない作戦では、どうにもならない。弾丸はない。食糧はない――現実は、敗色が色濃く迫っている――今は、もうこの作戦は行き止まりだろう。早く、戦闘を中止して、最善の策を取るべきだろう。

あのホーソンの「グレイト・ストン・ヘエイス」のような功成った将軍が、前線から遠く離れた場所で、楽しく酒を飲んで、昔の華やいだ戦争の手柄話をしてみても、始まらない。部下たちは前線で飢えて戦っていることを理解できない人びと――ああ、――

部下の苦難を、何としても救いたい、と、そんな大慈悲のある最高の権力者が……情勢をよく判断出来る、聰明《そうめい》な指揮官――そんな将軍がいないのだろうか？

――今は、そんな優れた軍司令官の指揮官が到来するのを待つしかない――

早目に、適切に助言できる幕僚はいないのだろうか？　ズルズルと滑り落ちるのを、見て助けようとする偉い人はいないのか？　全く情ない。誰もこの戦争を止《や》めることができないなんて、情ない。

人間は実践躬行《じっせんきゅうこう》して、部下に範《はん》を垂《た》れることは難かしい。部下に敬服される、真の英雄らしい指揮官は、前線には現われないのかも知れない。人生には諦《あきら》めねばならない時もある。そして、静かに死を待つ――もう、夢は止めよう。希望などもともとなかったんだ……あの「ザ・グレイト・ストン・ヘエイス」でも、本当の救いらしいものはなかった。

幼い頃に母親から聞いた伝説の、あの谷の土地の人びとの予言も、待って、待って、ずっと待ち焦《こが》れながら成人して行くアーネストに、喜びを与えなかった。

生まれ故郷を離れて出て行った若者が、いつか立派な成功者になって、あの谷に錦を飾って帰ってくる。その人は素晴らしい人徳のある人である。大慈悲のある人である――

そう言われて、みんなで出迎えて見ると――夢はくじかれてしまう――

あれが、人生なのだ。

今年も故郷の家の庭に面した菜《な》の花畑と麦畑を見ることもなかった。春も、とうとう見ることもなかった。レンゲの花も菜《な》の花も、桜の花の咲いている並木も見ないで終った。家のあの上の畑の菜の花も、黄色に実った、あの見事な麦の色も見なかった——

いま頃は、どんな作物を植えているんだろう……

「人面の大岩」あれは、どこか、父の顔のように思われてくる。あの父も、もう、すっかり頭は白髪になってしまっていた……あの優しい父の顔を、今、わたしはしみじみと思い描いている。激しい雨に叩かれて、父を思う。あの父の顔は、フランス映画に出て来た、ジャン・ギャバン……そっくりだと、学生時代に、思ったこともあった。

あのギャバンの映画は、田舎の故郷の町では見ることはできなかった。

父に、もし、そのことを話してやったら、どうだったろう……

ブロマイドがあって、見せれば、どう思っただろう。残念ながら田舎には、西洋の映画など、やってこなかった。

あの「人面の大岩」のことを、父に話してやったら、どう思っただろう? 心の優しかった父のことを思い出すと、涙が流れる——

このインパール作戦に失敗した指揮官たち、あの人たちは、やはり、生まれ故郷に帰って行くのだろうか？　……人びとの歓声に迎えられて、華々しい歓迎を受けるのだろうか——あの「人面の大岩」の老将軍のように、村びとたちに温かく迎えられるのだろうか？　功成り名を遂げて、生きて帰る老将軍——その人のために、多くの部下が死んで行ったことを、覚えているのだろうか？　自覚しているのだろうか？——同じ人間が、哀れにも名もなく死んで行って、行方も判らないことを、考えることがあるのだろうか……？

もう、考えるのを止めよう。

それよりも、あの子供たちは、あれから、どうしただろう？　もう、英語を教える先生は、やってこなかった。あんなことがあって、英語教師は目のカタキにされていたんだから。「目の敵《かたき》」が、同じ中学校にいては、やりにくかったろう。英語は敵性語として、だんだん嫌《きら》われるようになっていた。あの十二月八日のハワイの真珠湾攻撃は奇襲作戦だったらしい。

いきなり空から降って湧《わ》いたように、アメリカの碇泊中《ていはくちゅう》の艦船は襲撃されたらしい。

あれが、日本軍の宣戦布告だった。

巧妙《こうみょう》な奇襲攻撃の成功で、日本軍の海軍も陸軍も有頂天になって、次々にあちこちの戦場で輝かしい戦果をあげた。

戦えば必ず勝つと言う錯覚を日本人の殆んどの人が抱いた——

あの気取った海軍の上層部の面面が小躍《こおど》りして喜んだ。そして血迷っていた——

功名心にかられて、征服欲に燃《も》える日本人——軍人ばかりではなかった。

ああ、国力などすっかり忘れてしまって、奇襲、奇襲、奇襲攻撃の騙《だま》し討《う》ちであった。

東南アジアの各地に進攻して、石油基地を占領した。あたかも、それは、日本軍に敵はなく、東南アジアの各地の各国の民族を、完全に征服して支配している……そんな感じだった。

あれから、ずっと戦《たたか》いは続いている。そして、いつか、わたしも軍隊の「命令」の中に生きるようになった。

あれが、起こったのは、昭和十七年の夏休みの頃だった。その頃中学校の生徒達は、もう軍隊生活と同じように教練、演習、軍事訓練、体力検定など、いろいろなものが取り入れられて、軍人の予備軍として、養成されていた。

あれから、もう二年になろうとしている。信じられない気がする。たった二年……まだ二年にもなっていないのに、オレは、いろんな人生体験をした。オレが軍人になって、フィリッピンに派遣され、やがて、ビルマ作戦に送られてしまった。そして配属された部隊は、インパール作戦に参加して、あのチンドウイン河を渡河したのだった。

そして、今、わたしは、そのビルマのチンドウイン河を探し求めて、さ迷いながら、ここまで、やっと辿《たど》り着いた――

「いったい、どうして、こうなってしまったんだろう……」と、不思議に思う。

生徒たちも、もう落ち着いて勉強する雰囲気にはなっていなかった。英語を勉強しても、あまり役に立たない。何となく浮き足たっているように見えた。

あれから、英語の授業はどうなったか――

あの生徒たちに、思い出の物語として、あのグレイト・ストン・ヘエイス（The Great stone face）を、しっかりと、思い出深く、話して聞かせればよかった。あのギァザゴールド（Mr. Gathergold）、ギァザァ（gather）金をかき集めることだ。あの成功した商人のことも、あの将軍のことも、そして、あの政治家のことも、いろいろと面白、おかしく……語ってやるべきだった。人生には、いろんなことがあること、そして、功成り名を遂《と》げた人びとも、必ずしも、立派な理想的な人物になっているのか？　その人に近付いて、よく観察しなければ、思い違いしていることがあるかも知れない。ことなども、いろいろ話してもよかったんだが、――

俺達がこの戦場で体験したように、むざむざと、蛆虫《うじむし》のように、踏み付けられて、放り出されて殺されてしまう……しまったように……と言うべきだろう。

われわれの指揮官が、われわれのことを忘れてしまえば、もう、何も残らない。なんにも、ない。われわれのことは、消えてしまう。

彼らは、わたしのことを思い起こすことがあるのだろうか？　いろんな少年たちがいた。軍人志望の頭のよい少年たちもいた。

それらの少年は、陸士や海兵や、陸海軍の学校に志望して、合格して進んで行った。いろんな学校に、進学して行った者もいた。今、彼等が何処にいて、どんな体験をしているのか？　わたしには想像もできない。

多くの者が、軍隊に入営して、何処かで、辛《つら》い試練に耐えているだろう。

あの中の沢山の中学生の仲間達は、いまは、死と向かい合って、思いを新たにしていることだろう。決して、みんながみんな明るい希望の中には生きてはいない。

人間は、誰も運命には逆《さか》らえない。あの若者たちも、否応なく軍人になった。軍隊に召集されて、死の道を歩んでいることだろう――わたしと同じように、何処かの戦場で、孤立した生き方をしているかも知れない。

そんな時、一教師の英語の先生のわたしがいたことを、思い出す者がいるのだろうか？「あのジロウ先生は、どうしただろう……」そう考える教え子がいるだろうか――〈いや、いないだろう。もう、遠い日のことだ。人間の記憶なんて、おぼろで、夢と同じように、はっきりしない……儚《はかな》いものなのだ――〉人間には、何も残らない。残せない。

雨が激しく、わたしは立ち上がれなかった。身体は動けなかった。ずぶ濡れになって、寒い……右手の指を左手の手首に当てて、脈を探す……脈はあった。打っている。手は冷たい。手首もすっかりやせてしまった。

さっきから、わたしは小便をしたかったが、立ち上がれない。

そのまま、坐ったまま、わたしは軍袴の中で小便をした。たれ流しだった。

長い間緊張していたわたしは、我慢していた小便をしたことで、ほっとして、いつしか緊張がとけて、うとうとと眠りの中に落ちてしまう。

父の声がする。「ジロウ、ジロウ……いるのか？　どうした」

「どうして、へんじをしない……寝《ね》ているのか……おい、おーい、ジロウ、ジロウ、ここに来てみろ……」

父がわたしを呼んでいる。声は、ずっと……わたしの名を呼んでいた。オレを探している……

わたしは、ハッとして目を覚《さ》ました。そこは、ジャングルであった。夢を見ていたらしい。夢を見ていた。

不思議だ！　雨が止んでいる。雨は止んだらしい。わたしは、頭に被《かぶ》っていた天幕を外《はず》して、よろよろしながら、立ち上がった。

辺りは暗かった。何も見えない。

わたしは、背中を凭《もた》れていた大きい樹に手をもたせて抱きつくようにして、大きく息をした……

〈よかった。雨は止んだ……助かった。よかった――〉

生きていた。オレは生きていた……不意に涙が目にあふれでてきた。

生きていたんだ――と、思う。

しばらく、わたしは大きい木に抱きついたまま、涙を流していた。それから、雨外套を脱《ぬ》いで、足許に置いて、姿勢を正して――

あの「軍人勅諭」を暗唱し始めていた。

軍人勅諭

我カ國ノ軍隊ハ世世天皇ノ統率シ給フ所ニソアル。昔神武天皇躬《ミ》ツカラ大伴物部ノ兵トモヲ率ヰ中國ノマツロハヌモノトモヲ討チ平ケ給ヒ、高御座ニ即カセラレテ天下シロシメシ給ヒシヨリ二千五百有餘年ヲ經ヌ。此間世ノ様ノ移リ換ルニ随ヒテ、兵制ノ沿革モ亦屢ナリキ、古ハ天皇躬ツカラ軍隊ヲ率ヰ給フ御制ニテ、時アリテハ皇后皇太子ノ代ラセ給フコトモアリツレト、大凡兵權ヲ臣下ニ委ネ給フコトハナカリキ、中世ニ至リテ文武ノ制度皆唐國風ニ倣《ナラ》ハセ給ヒ、六衛府ヲ置キ、左右馬寮ヲ建テ防人ナト設ケラレシカハ、兵制ハ整ヒタレトモ、打續ケル昇平ニ狃《ナ》レテ、朝廷ノ政務モ漸文弱ニ流レケレハ、兵農オノツカラ二《フタツ》ニ分《ワカ》レ、古ノ徴兵ハイツトナク壮兵ノ姿ニ變リ、遂ニ武士トナリ、兵馬ノ權ハ一向ニ其武士トモノ棟梁タル者ニ歸シ、世ノ亂ト共ニ政治ノ大權モ亦其手ニ落チ、凡七百年ノ間武家ノ政治トハナリヌ、世ノ様ノ移リ換リテ斯ナレルハ人力モテ挽回スヘキニアラストハイヒナカラ、且ハ我國體ニ戻リ、且ハ我祖宗ノ御制ニ背キ奉リ淺間シキ次第ナリキ、降リテ弘化嘉永ノ頃ヨリ徳川ノ幕府其政衰ヘ剰外國ノ事トモ起リテ、其侮《アナドリ》ヲモ受ケヌヘキ勢ニ迫リケレハ、朕カ皇祖《コウソ》仁孝《ニンコウ》天皇《テンノウ》、皇考孝明天皇《コウコウコウメイテンノウ》イタク宸襟ヲ悩シ給ヒシコソ忝クモ又惶ケレ、然ルニ朕幼クシテ天津日嗣《アマツヒツギ》ヲ受ケシ初征夷大將軍其政權ヲ返上シ、大名小名其版籍ヲ奉還シ、年ヲ經スシテ海内一統ノ世トナリ、古ノ制度ニ復シヌ、是文武ノ忠臣良弼アリテ朕ヲ輔翼セル功績ナリ、歴世祖宗ノ專蒼生ヲ憐ミ給ヒシ御遺澤ナリトイヘトモ、併我臣民ノ其心ニ順、逆ノ理ヲ辨ヘ大義ノ重キヲ知レルカ故ニコソアレ、サレハ、此時ニ於テ、兵制ヲ更メ我國ノ光ヲ耀サント思ヒ、此十五年カ程ニ陸海軍ノ制ヲハ今ノ樣ニ建定メヌ、夫兵馬ノ大權ハ朕カ統フル所ナレハ、其司々ヲコソ臣下ニハ任スナレ、其大綱ハ朕親之ヲ攬リ肯テ、臣下ニ委ヌヘキモノニアラス。子々孫々ニ至ルマテ篤ク斯旨ヲ傳ヘ、天子ハ文武ノ大權ヲ掌握スルノ義ヲ存シテ再中世以降ノ如キ失體ナカランコトヲ望ムナリ。朕ハ汝等軍人ノ大元帥ナルソ、サレハ、朕ハ汝等ヲ股肱ト頼ミ、汝等ハ朕ヲ頭首ト仰キテソ、其親ハ特ニ深カルヘキ。朕カ國家ヲ保護シテ上天ノ惠ニ應シ、祖宗ノ恩ニ報イマヰラスル事ヲ得ルモ得サルモ、汝等軍人カ其職ヲ盡スト盡ササルトニ由ルソカシ、我國ノ稜威振ハサルコトアラハ、汝等能ク朕ト其憂ヲ共ニセヨ。我武維揚リテ其榮ヲ耀サハ、朕汝等ト其譽ヲ偕ニスヘシ。汝等皆其職ヲ守リ、朕ト一心ニナリテ、力ヲ國家ノ保護ニ盡サハ、我國ノ蒼生ハ永ク太平ノ福ヲ受ケ、我國ノ威烈ハ大ニ世界ノ光華トモナリヌヘシ。朕斯モ深ク汝等軍人ニ望ムナレハ、猶訓諭スヘキ事コソアレ、イテヤ之ヲ左ニ述ヘム。

一、軍人ハ忠節ヲ盡スヲ本分トスヘシ。

凡生ヲ我國ニ稟クルモノ誰カハ國ニ報ユルノ心ナカルヘキ、況シテ軍人タラン者ハ此心ノ固カラテハ、物ノ用ニ立チ得ヘシトモ思ハレス、軍人ニシテ報國ノ心堅固ナラサルハ、如何程技藝ニ熟シ、學術ニ長スルモ、猶偶人ニヒトシカルヘシ。其隊伍モ整ヒ節制モ正クトモ忠節ヲ存セサル軍隊ハ事ニ臨ミテ烏合ノ衆ニ同カルヘシ。抑國家ヲ保護シ國權ヲ維持スルハ兵力ニ在レハ、兵力ノ消長ハ是國運ノ盛衰ナルコトヲ辨ヘ、世論ニ惑ハス政治ニ拘ラス、只々一途ニ己カ本分ノ忠節ヲ守リ義ハ山嶽ヨリモ重ク、死ハ鴻毛ヨリモ輕シト覺悟セヨ。其操ヲ破リテ不覺ヲ取リ汚名ヲ受クルナカレ。

一、軍人ハ禮儀ヲ正クスヘシ。

凡軍人ニハ上元帥ヨリ下一卒ニ至ルマテ、其間ニ官職ノ階級アリテ、統属スルノミナラス、同列同級トテモ、停年ニ新舊アレハ、新任ノ者ハ舊任ノモノニ服従スヘキモノソ、下級ノモノハ上官ノ命ヲ承ルコト實ハ直ニ朕カ命ヲ承ル義ナリト心得ヨ。己カ隷属スル所ニアラストモ、上級ノ者ハ勿論停年ノ己ヨリ舊キモノニ對シテハ總ヘテ敬禮ヲ盡スヘシ。又上級ノ者ハ下級ノモノニ向ヒ、聊モ輕侮驕傲ノ振舞アルヘカラス。公務ノ爲ニ威嚴ヲ主トスル時ハ格別ナレトモ、其外ハ務メテ懇ニ取扱ヒ慈愛ヲ專一ト心掛ケ、上下一致シテ王事ニ勤勞セヨ。若《モシ》軍人タルモノニシテ禮儀ヲ紊《ミダ》リ、上ヲ敬ハス下ヲ惠マスシテ一致ノ和諧ヲ失ヒタランニハ、啻《タダ》ニ軍隊ノ蠹毒《トドク》タルノミカハ國家ノ爲ニモユルシ難キ罪人ナルヘシ。

一、軍人ハ武勇ヲ尚フヘシ。

夫武勇ハ我國ニテハ古ヨリイトモ貴ヘル所ナレハ、我國ノ臣民タランモノ、武勇ナクテハ叶フマシ、況シテ、軍人ハ戰ニ臨ミ敵ニ當ルノ職ナレハ、片時モ武勇ヲ忘レテヨカルヘキカ、サハアレ、武勇ニハ大勇アリ小勇アリテ同カラス。血氣ニハヤリ粗暴ノ振舞ナトセンハ武勇トハ謂ヒ難シ。軍人タラムモノハ常ニ能ク義理ヲ辨ヘ、能ク膽力ヲ練リ、思慮ヲ殫《ツク》シテ事ヲ謀ルヘシ。小敵タリトモ侮ラス、大敵タリトモ懼レス、己カ武職ヲ盡サムコソ、誠ノ大勇ニハアレ、サレハ、武勇ヲ尚フモノハ、常々人ニ接ルニハ、温和ヲ第一トシ諸人ノ愛敬ヲ得ムト心掛ケヨ。由ナキ勇ヲ好ミテ猛威ヲ振ヒタラハ、果ハ世人モ忌嫌ヒテ、豺狼ナトノ如ク思ヒナム、心スヘキコトニコソ。

一、軍人ハ信義ヲ重ンスヘシ。

凡信義ヲ守ルコト常ノ道ニハアレト、ワキテ、軍人ハ信義ナクテハ一日モ隊伍ノ中ニ交リテアランコト難カルヘシ。信トハ己カ言ヲ踐行ヒ、義トハ己カ分ヲ盡スヲイフナリ。サレハ、信義ヲ盡サムト思ハハ、始ヨリ其事ノ成シ得ヘキカ、得ヘカラサルカヲ、審ニ思考スヘシ。朧氣ナル事ヲ假初ニ諾ヒテ、ヨシナキ関係ヲ結ヒ、後ニ至リテ信義ヲ立テントスレハ、進退谷リテ、身ノ措キ所ニ苦シムコトアリ、悔ユトモ其詮ナシ。始ニ能々事ノ順、逆ヲ辨ヘ、理非ヲ考ヘ、其言ハ所詮踐ムヘカラスト知リ、其義ハトテモ守ルヘカラスト悟リナハ、速ニ止ルコソヨケレ、古ヨリ或ハ小節ノ信義ヲ立テントテ、大綱ノ順、逆ヲ誤リ、或ハ公道ノ理非ニ踏迷ヒテ、私情ノ信義ヲ守リ、アタラ英雄豪傑トモカ禍ニ遭ヒ、身ヲ滅シ、屍ノ上ノ汚名ヲ後世マテ遺セルコト、其例尠《スクナ》カラヌモノヲ深ク警メテヤハアルヘキ。

一、軍人ハ質素ヲ旨トスヘシ。

凡質素ヲ旨トセサレハ文弱ニ流レ、輕薄ニ趨リ、驕奢華靡ノ風ヲ好ミ、遂ニハ貪汚ニ陥リテ、志モ無下ニ賤クナリ、節操モ武勇モ其甲斐ナク世人ニ爪ハシキセラルル迄ニ至リヌヘシ。其身生涯ノ不幸ナリトイフモ中々愚ナリ。此風一タヒ軍人ノ間ニ起リテハ、彼ノ傳染病ノ如ク蔓延シ、士風モ兵氣モ頓ニ衰ヘヌヘキコト明ナリ。朕深ク之ヲ懼レテ、曩《さき》ニ免黜条例ヲ施行シ、略此事ヲ誡メ置キツレト、猶モ其悪習ノ出ンコトヲ憂ヒテ心安カラネハ、故ニ又之ヲ訓フルソカシ。汝等軍人ユエ此訓誡ヲ等閒ニナ思ヒソ。

右ノ五箇條ハ軍人タランモノ暫モ忽ニスヘカラス。サテ、之ヲ行ハンニハ、一ノ誠心コソ大切ナレ。抑此五箇條ハ、我軍人ノ精神ニシテ、一ツノ誠心ハ、又五箇條ノ精神ナリ。心誠ナラサレハ、如何ナル嘉言モ善行モ皆ウハヘノ装飾ニテ、何ノ用ニカハ立ツヘキ心タニ誠アレハ、何事モ成ルモノソカシ、況シテヤ、此五箇條ハ、天地ノ公道人倫ノ常經ナリ、行ヒ易ク守リ易シ、汝等軍人能ク朕カ訓ニ遵ヒテ、此道ヲ守リ行ヒ、國ニ報ユルノ務ヲ盡サハ、日本國ノ蒼生擧リテ、之ヲ悦ヒナン。朕一人ノ懌ノミナランヤ。

明治十五年一月四日

御名

思い出し、思い出し、ゆっくりと、はっきりした言葉で、一言一句、思い浮かべながら、声を出して、よどむこともなく、わたしは、「軍人勅諭」をとなえつづけた。

そして、やっと全文をとどこおることなく、終った。いろいろと頭の中に、過去のことが甦ってくるのだった。

「あれから、みんなどうしただろう……生きていて欲しい。お互いに試練に耐えて、耐え抜いた仲間だった。みんな、われわれは苦労した戦友なのだ！　生き抜いてほしい。どんなことがあっても、生きてくれ！　おおい、みんな、オレはみんなのことは、決して忘れない——忘れていないぞ！　今、オレは、ビルマの密林の中にいて、あの『軍人勅諭』を、声を出して暗唱した。……みんなのことを、思い出している——」オレは、「インパール作戦」に参加して……今、ここにいる……そして、——

戰《せん》陣《ぢん》訓《くん》

序《じよ》

夫《そ》れ戰陣《せんぢん》は、大命《たいめい》に基《もとづ》き、皇軍《くわうぐん》の神髓《しんずゐ》を發揮《はつき》し、攻《せ》むれば必《かなら》ず取《と》り、戰《たたか》へば必《かなら》ず勝《か》ち、遍《あまね》く皇道《くわうだう》を宣布《せんぷ》し、敵《てき》をして仰いで御稜威《みいづ》の尊嚴《そんげん》を感銘《かんめい》せしむる處《ところ》なり。されば戰陣《せんぢん》に臨《のぞ》む者《もの》は、深《ふか》く皇國《くわうこく》の使命《しめい》を體《たい》し、堅《かた》く皇軍《くわうぐん》の道義《だうぎ》を持《ぢ》し、皇國《くわうこく》の威德《ゐとく》を四海《しかい》に宣揚《せんやう》せんことを期《き》せざるべからず。

惟《おも》ふに軍人精神《ぐんじんせいしん》の根本義《こんぽんぎ》は、畏《かしこ》くも軍人《ぐんじん》に賜《たま》はりたる勅諭《ちよくゆ》に炳乎《へいこ》として明《あきら》かなり。而《しか》して戰鬪竝《せんとうならび》に訓練等《くんれんとう》に關《くわん》し準據《じゆんきよ》すべき要綱《えうかう》は、又典令《またてんれい》の綱領《かうりやう》に教示《けうし》せられたり。然《しか》るに戰陣《せんぢん》の環境《くわんきやう》たる、兎《と》もすれば眼前《がんぜん》の事象《じしやう》に捉《とら》はれて大本《たいほん》を逸《いつ》し、時《とき》に其《そ》の行動軍人《かうどうぐんじん》の本分《ほんぶん》に戻《もど》るが如《ごと》きことなしとせず、深《ふか》く愼《つつし》まざるべけんや。乃《すなは》ち既往《きわう》の經驗《けいけん》に鑑《かんが》み、常《つね》に戰陣《せんぢん》に於《おい》て勅諭《ちよくゆ》を仰《あふ》ぎて之《これ》が服行《ふくかう》の完璧《くわんぺき》を期《き》せむが爲《ため》、具體的行動《ぐたいてきかうどう》の憑據《ひようきよ》を示《しめ》し、以《もつ》て皇軍道義《くわうぐんだうぎ》の昂揚《かうやう》を圖《はか》らんとす。是戰陣訓《これせんぢんくん》の本旨《ほんし》とする所《ところ》なり。

本《ほん》　訓《くん》　其《そ》の一《いち》

第一《だいいち》　皇國《くわうこく》

大日本《だいにつぽん》は皇國《くわうこく》なり。萬世一系《ばんせいいつけい》の天皇上《てんわうかみ》に在《おは》しまし、肇國《てうこく》の皇謨《くわうぼ》を紹繼《せうけい》して無窮《むきゆう》に君臨《くんりん》し給《たま》ふ。皇恩萬民《くわうおんばんみん》に遍《あまね》く、聖徳八紘《せいとくはつくわう》に光被《くわうひ》す。

臣民亦忠孝勇武祖孫相承《しんみんまたちゆうかうゆうぶそそんあひう》け、皇國《くわうこく》の道義《だうぎ》を宣揚《せんやう》して天業《てんげふ》を翼贊《よくさん》し奉《たてまつ》り、君民一體《くんみんいつたい》以《もつ》て克《よ》く國運《こくうん》の隆昌《りゆうしやう》を致《いた》せり。戰陣《せんぢん》の將兵《しやうへい》、宜《よろ》しく我《わ》が國體《こくたい》の本義《ほんぎ》を體得《たいとく》し、牢固不拔《らうこふばつ》の信念《しんねん》を堅持《けんぢ》し、誓《ちか》って皇國守護《くわうこくしゆご》の大任《たいにん》を完遂《くわんすゐ》せんことを期《き》すべし。

第二《だいに》 皇《くわう》 軍《ぐん》

軍《ぐん》は天皇統帥《てんわうとうすゐ》の下《もと》、神武《しんぶ》の精神《せいしん》を體現《たいげん》し、以《もつ》て皇國《くわうこく》の威徳《ゐとく》を顯揚《けんやう》し皇運《くわううん》の扶《ふ》翼《よく》に任《にん》ず。

常《つね》に大御心《おほみこころ》を奉《ほう》じ、正《せい》にして武《ぶ》、武《ぶ》にして仁《じん》、克《よ》く世界《せかい》の大和《たいわ》を現《げん》ずるもの是《これ》神武《しんぶ》の精神《せいしん》なり。武《ぶ》は嚴《げん》なるべし仁《じん》は遍《あまね》きを要《えう》す。苟《いやしく》も皇軍《くわうぐん》に抗《かう》する敵《てき》あらば、烈々《れつれつ》たる武威《ぶゐ》を振《ふる》ひ断乎之《だんここれ》を撃砕《げきさい》すべし。假令《たとひ》峻嚴《しゆんげん》の威《ゐ》克《よ》く敵《てき》を屈服《くつぷく》せしむとも、服《ふく》するは撃《う》たず、從《したが》ふは慈《いつく》しむの徳《とく》に缺《か》くるあらば、未《いま》だ以《もつ》て全《まつた》しとは言《い》ひ難《がた》し。武《ぶ》は驕《おご》らず仁《じん》は飾《かざ》らず、自《おのづか》ら溢《あふ》るるを以《もつ》て尊《たふと》しとなす。皇軍《くわうぐん》の本《ほん》領《りやう》は恩威並《おんゐなら》び行《おこな》はれ、遍《あまね》く御稜威《みいづ》を仰《あふ》がしむるに在り。

第《だい》三《さん》 軍《ぐん》 紀《き》

皇軍軍紀《くわうぐんぐんき》の神髄《しんずゐ》は、畏《かしこ》くも大元帥陛下《だいげんすゐへいか》に對《たい》し奉《たてまつ》る絶對随順《ぜつたいずゐじゆん》の崇高《すうかう》なる精神《せいしん》に存《そん》す。

上下《しやうか》齊《ひと》しく統帥《とうすゐ》の尊嚴《そんげん》なる所以《ゆえん》を感銘《かんめい》し、上《かみ》は大權《たいけん》の承行《しようかう》を謹嚴《きんげん》にし、下《しも》は謹《つつし》んで服從《ふくじゆう》の至誠《しせい》を致《いた》すべし。盡忠《じんちゆう》の赤誠相結《せきせいあひむす》び、脈絡一貫《みやくらくいつくわん》、全軍一令《ぜんぐんいちれい》の下《もと》に寸毫紊《すんがうみだ》るるなきは、是戰捷必須《これせんせうひつす》の要件《えうけん》にして、又實《またじつ》に治安確保《ぢあんかくほ》の要道《えうだう》たり。

特《とく》に戰陣《せんぢん》は、服從《ふくじゆう》の精神實踐《せいしんじつせん》の極致《きよくち》を發揮《はつき》すべき處《ところ》とす。死生困苦《しせいこんく》の間《かん》に處《しよ》し、命令一下欣然《めいれいいつかきんぜん》として死地《しち》に投《とう》じ、黙々《もくもく》として獻身服行《けんしんふくかう》の實《じつ》を擧《あ》ぐるもの、實《じつ》に我《わ》が軍人精神《ぐんじんせいしん》の精華《せいくわ》なり。

第《だい》四《し》　團《だん》結《けつ》

軍《ぐん》は、畏《かしこ》くも大元帥陛下《だいげんすゐへいか》を頭首《とうしゆ》と仰《あふ》ぎ奉《たてまつ》る。渥《あつ》き聖慮《せいりよ》を體《たい》し、忠誠《ちゆうせい》の至情《しじやう》に和《わ》し、擧軍一心一體《きよぐんいつしんいつたい》の實《じつ》を致《いた》さざるべからず。

軍隊《ぐんたい》は統率《とうそつ》の本義《ほんぎ》に則《のつと》り、隊長《たいちやう》を核心《かくしん》とし、鞏固《きようこ》にして而《しか》も和気藹々《わきあいあい》たる團結《だんけつ》を固成《こせい》すべし。上下各々其《しやうかおのおのそ》の分《ぶん》を嚴守《げんしゆ》し、常《つね》に隊長《たいちやう》の意圖《いと》に從《したが》ひ、誠心《まごころ》を他《た》の服中《ふくちゆう》に置《お》き、生死利害《せいしりがい》を超越《てうゑつ》して、全體《ぜんたい》の爲《ため》己《おのれ》を没《ぼつ》するの覺悟《かくご》なかるべからず。

第《だい》五《ご》　協《けふ》同《どう》

諸兵心《しよへいこころ》を一《いつ》にし、己《おのれ》の任務《にんむ》に邁進《まいしん》すると共《とも》に、全軍戰捷《ぜんぐんせんせふ》の爲《ため》欣然《きんぜん》として没我《ぼつが》協力《けふりよく》の精神《せいしん》を發揮《はつき》すべし。

各隊《かくたい》は互《たがひ》に其《そ》の任務《にんむ》を重《おも》んじ、名譽《めいよ》を尊《たふと》び、相信《あひしん》じ相援《あひたす》け、自《みづか》ら進《すす》んで苦難《くなん》に就《つ》き、戮力協心相携《りくりよくけふしんあひたづさ》へて目的達成《もくてきたつせい》の爲力闘《ためりきとう》せざるべからず。

第《だい》六《ろく》　攻《こう》撃《げき》精《せい》神《しん》

凡《およ》そ戰闘《せんとう》は勇猛果敢《ゆうまうくわかん》、常《つね》に攻撃精神《こうげきせいしん》を以《もつ》て一貫《いつくわん》すべし。

攻撃《こうげき》に方《あた》りては果斷積極機先《くわだんせつきよくきせん》を制《せい》し、剛毅不屈《がうきふくつ》、敵《てき》を粉砕《ふんさい》せずんば已《や》まざるべし。防禦又克《ばうぎよまたよ》く攻勢《こうせい》の鋭氣《えいき》を包藏《はうざう》し、必《かなら》ず主動《しゆどう》の地位《ちゐ》を確保《かくほ》せよ。陣地《ぢんち》は死《し》すとも敵《てき》に委《ゐ》すること勿《なか》れ。追撃《つゐげき》は斷々乎《だんだんこ》として飽《あ》く迄《まで》も徹底的《てつていてき》なるべし。

勇往邁進百事《ゆうわうまいしんひやくじ》懼《おそ》れず、沈着大膽難局《ちんちやくだいたんなんきよく》に處《しよ》し、堅忍不抜困苦《けんにんふばつこんく》に克《か》ち、有《あら》ゆる障碍《しやうがい》を突破《とつぱ》して一意勝利《いちいしようり》の獲得《くわくとく》に邁進《まいしん》すべし。

第《だい》七《しち》　必《ひっ》勝《しょう》の信《しん》念《ねん》

信《しん》は力《ちから》なり。自《みづか》ら信《しん》じ毅《き》然《ぜん》とし戰《たたか》ふ者《もの》常《つね》に克《よ》く勝者《しょうしゃ》たり。

必勝《ひっしょう》の信念《しんねん》は千磨必死《せんまひっし》の訓練《くんれん》に生《しゃう》ず。須《すべか》らく寸暇《すんか》を惜《お》しみ肝膽《かんたん》を碎《くだ》き、必《かなら》ず敵《てき》に勝《か》つの實力《じつりょく》を涵養《かんやう》すべし。

勝敗《しょうはい》は皇國《くわうこく》の隆替《りゅうたい》に關《くわん》す。光輝《くわうき》ある軍《ぐん》の歷史《れきし》に鑑《かんが》み、百戰百勝《ひゃくせんひゃくしょう》の傳統《でんとう》に對《たい》する己《おのれ》の責務《せきむ》を銘肝《めいかん》し、勝《か》たずば斷《だん》じて已《や》むべからず。

本《ほん》訓《くん》　其《そ》の二《に》

第《だい》一《いち》　敬《けい》神《しん》

神靈《しんれい》上《かみ》に在《あ》りて照覽《せうらん》し給《たま》ふ。

心《こころ》を正《ただ》し身《み》を修《をさ》め篤《あつ》く敬神《けいしん》の誠《まこと》を捧《ささ》げ、常《つね》に忠孝《ちゅうかう》を心《こころ》に念《ねん》じ、仰《あふ》いで神明《しんめい》の加護《かご》に恥《は》ぢざるべし。

第二《だいに》 孝道《かうだう》

忠孝一本《ちゆうかういつぽん》は我《わ》が國道義《くにだうぎ》の精粋《せいすゐ》にして、忠誠《ちゆうせい》の士《し》は又必《またかなら》ず純情《じゆんじやう》の孝子《かうし》なり。

戰陣深《せんぢんふか》く父母《ふぼ》の志《こころざし》を體《たい》して、克《よ》く盡忠《じんちゆう》の大義《たいぎ》に徹《てつ》し、以《もつ》て祖先《そせん》の遺風《ゐふう》を顯彰《けんしやう》せんことを期《き》すべし。

第三《だいさん》 敬禮《けいれい》擧措《きよそ》

敬禮《けいれい》は至純《しじゆん》なる服從心《ふくじゆうしん》の發露《はつろ》にして、又上下一致《またしやうかいつち》の表現《へうげん》なり。戰陣《せんぢん》の間特《かんとく》に嚴正《げんせい》なる敬禮《けいれい》を行《おこな》はざるべからず。

禮節《れいせつ》の精神内《せいしんうち》に充溢《じゆういつ》し、擧措謹嚴《きよそきんげん》にして端正《たんせい》なるは強《つよ》き武人《ぶじん》たるの證左《しようさ》なり。

第四《だいし》 戰友道《せんいうだう》

戰友《せんいう》の道義《だうぎ》は、大義《たいぎ》の下《もと》死生相結《しせいあひむす》び、互《たがひ》に信頼《しんらい》の至情《しじやう》を致《いた》し、常《つね》に切磋琢磨《せつさたくま》し、緩急相救《くわんきゆうあひすく》ひ、非違相戒《ひゐあひいまし》めて、倶《とも》に軍人《ぐんじん》の本分《ほんぶん》を完《まつた》うするに在《あ》り。

第五《だいご》　率先《そつせん》躬行《きゆうかう》

幹部《かんぶ》は熱誠《ねつせい》以《もつ》て百行《ひやくかう》の範《はん》たるべし。上正《かみただ》しからざれば下《しも》必《かなら》ず紊《みだ》る。

戦陣《せんぢん》は實行《じつかう》を尚《たつと》ぶ。躬《み》を以《もつ》て衆《しゆう》に先《さき》んじ毅然《きぜん》として行《おこな》ふべし。

第六《だいろく》　責任《せきにん》

任務《にんむ》は神聖《しんせい》なり。責任《せきにん》は極《きは》めて重《おも》し。一業一務《いちげふいちむ》忽《ゆるか》せにせず。心魂《しんこん》を傾注《けいちゆう》して一切《いつさい》の手段《しゆだん》を盡《つ》くし、之《これ》が達成《たつせい》に遺憾《ゐかん》なきを期《き》すべし。

責任《せきにん》を重《おも》んずる者《もの》、是《これ》眞《しん》に戰場《せんぢやう》に於《お》ける最大《さいだい》の勇者《ゆうしや》なり。

第七《だいしち》　死生観《しせいくわん》

死生《しせい》を貫《つらぬ》くものは崇高《すうかう》なる獻身奉公《けんしんほうこう》の精神《せいしん》なり。

生死《せいし》を超越《てうゑつ》し一意任務《いちいにんむ》の完遂《くわんすゐ》に邁進《まいしん》すべし。身心一切《しんしんいつさい》の力《ちから》を盡《つ》くし、従容《しようよう》として悠久《いうきう》の大義《たいぎ》に生《い》くることを悦《よろこ》びとすべし。

第八《だいはち》　名《な》を惜《お》しむ

恥《はぢ》を知《し》る者《もの》は強《つよ》し。常《つね》に郷黨《きやうたう》家門《かもん》の面目《めんもく》を思《おも》ひ、愈々《いよいよ》奮勵《ふんれい》して其《そ》の期待《きたい》に答《こた》ふべし。

生《い》きて虜囚《りよしう》の辱《はずかしめ》を受《う》けず、死《し》して罪禍《ざいくわ》の汚名《をめい》を殘《のこ》すこと勿《なか》れ。

第九《だいく》　質實剛健《しつじつがうけん》

質實《しつじつ》以て陣中《ぢんちゆう》の起居《ききよ》を律《りつ》し、剛健《がうけん》なる士風《しふう》を作興《さくこう》し、旺盛《わうせい》なる志氣《しき》を振起《しんき》すべし。

陣中《ぢんちゆう》の生活《せいくわつ》は簡素《かんそ》ならざるべからず。不自由《ふじいう》は常《つね》なるを思《おも》ひ、毎事《まいじ》節約《せつやく》に努《つと》むべし。奢侈《しやし》は勇猛《ゆうまう》の精神《せいしん》を蝕《むしば》むものなり。

第十《だいじふ》　清廉潔白《せいれんけつぱく》

清廉潔白《せいれんけつぱく》は、武人氣節《ぶじんきせつ》の由《よ》って立《た》つ所《ところ》なり。己《おのれ》に克《か》つこと能《あた》はずして物慾《ぶつよく》に捉《とら》はるる者《もの》、争《いか》でか皇國《くわうこく》に身命《しんめう》を捧《ささ》ぐるを得《え》ん。

身《み》を持《ぢ》するに冷嚴《れいげん》なれ。事《こと》に處《しょ》するに公正《こうせい》なれ。行《おこな》ひて俯仰《ふぎやう》天地《てんち》に愧《は》ぢざるべし。

本《ほん》訓《くん》 其《そ》の三《さん》

第一《だいいち》 戰《せん》陣《ぢん》の戒《いましめ》

一 一瞬《いつしゅん》の油斷《ゆだん》、不測《ふそく》の大事《だいじ》を生《しゃう》ず。常《つね》に備《そな》へ嚴《げん》に警《いまし》めざるべからず。敵及《てきおよび》住民《じゅうみん》を輕侮《けいぶ》するを止《や》めよ。小成《せうせい》に安《やす》んじて勞《らう》を厭《いと》うこと勿《なか》れ。不注意《ふちゅうい》も亦災禍《またさいくわ》の因《いん》と知《し》るべし。

二 軍機《ぐんき》を守《まも》るに細心《さいしん》なれ。諜者《てうじゃ》は常《つね》に身邊《しんぺん》に在《あ》り。

三 哨務《せうむ》は重大《ぢゅうだい》なり。一軍《いちぐん》の安危《あんき》を擔《にな》ひ、一隊《いったい》の軍紀《ぐんき》を代表《だいへう》す。宜《よろ》しく身《み》を以《もっ》て其《そ》の重《おも》きに任《にん》じ、嚴肅《げんしゆく》に之《これ》を服行《ふくかう》すべし。

哨兵《せうへい》の身分《みぶん》は又深《またふか》く之《これ》を尊重《そんちよう》せざるべからず。

四　思想戰《しさうせん》は、現代戰《げんだいせん》の重要《ぢゆうえう》なる一面《いちめん》なり。皇國《くわうこく》に對《たい》する不動《ふどう》の信念《しんねん》を以《もつ》て、敵《てき》の宣傳欺瞞《せんでんぎまん》を破摧《はさい》するのみならず、進《すす》んで皇道《くわうだう》の宣布《せんぷ》に勉《つと》むべし。

五　流言蜚語《りうげんひご》は信念《しんねん》の弱《よわ》きに生《しやう》ず。惑《まど》ふこと勿《なか》れ。動《どう》ずること勿《なか》れ。皇軍《くわうぐん》の實力《じつりよく》を確信《かくしん》し、篤《あつ》く上官《じやうくわん》を信頼《しんらい》すべし。

六　敵産《てきさん》、敵資《てきし》の保護《ほご》に留意《りうい》するを要《えう》す。徴發《ちようはつ》、押収《あふしう》、物資《ぶつし》の燼滅等《じんめつとう》は總《すべ》て規定《きてい》に從《したが》ひ、必《かなら》ず指揮官《しきくわん》の命《めい》に依《よ》るべし。

七　皇軍《くわうぐん》の本義《ほんぎ》に鑑《かんが》み、仁恕《じんじよ》の心能《こころよ》く無辜《むこ》の住民《ぢゆうみん》を愛護《あいご》すべし。

八　戰陣《せんぢん》苟《いやしく》も酒色《しゆしよく》に心奪《こころうば》はれ、又《また》は慾情《よくじやう》に驅《か》られて本心《ほんしん》を失《うしな》ひ、皇軍《くわうぐん》の威《ゐ》信《しん》を損《そん》じ、奉公《ほうこう》の身《み》を過《あやま》るが如《ごと》きことあるべからず。深《ふか》く戒愼《かいしん》し、斷《だん》じて武人《ぶじん》の清節《せいせつ》を汚《けが》さざらんことを期《き》すべし。

九　怒《いかり》を抑《おさ》へ不満《ふまん》を制《せい》すべし。「怒《いかり》は敵《てき》と思《おも》へ」と古人《こじん》も教《をし》へたり。一瞬《いつしゆん》の激情悔《げきじやうくい》を後日《ごじつ》に殘《のこ》すこと多《おほ》し。

軍法《ぐんぱふ》の峻嚴《しゆんげん》なるは特《とく》に軍人《ぐんじん》の榮譽《えいよ》を保持《ほぢ》し、皇軍《くわうぐん》の威信《ゐしん》を完《まつた》うせんが爲《ため》なり。常《つね》に出征當時《しゆつせいたうじ》の決意《けつい》と感激《かんげき》とを想起《さうき》し、遙《はる》かに思《おもひ》を父母妻子《ふぼさいし》の眞情《しんじやう》に馳《は》せ、假初《かりそめ》にも身《み》を罪科《ざいくわ》に曝《さら》すこと勿《なか》れ。

第二《だいに》　戰《せん》　陣《ぢん》　の　嗜《たしなみ》

一　尚武《しやうぶ》の傳統《でんとう》に培《つちか》ひ、武徳《ぶとく》の涵養《かんやう》、技能《ぎのう》の練磨《れんま》に勉《つと》むべし。

「毎事退屈《まいじたいくつ》する勿《なか》れ」とは古《ふる》き武将《ぶしやう》の言葉《ことば》にも見《み》えたり。

二　後顧《こうこ》の憂《うれひ》を絶《た》ちて只管奉公《ひたすらほうこう》の道《みち》に勵《はげ》み、常《つね》に身邊《しんぺん》を整《ととの》へて死後《しご》を淸《きよ》くするの嗜《たしなみ》を肝要《かんえう》とす。

屍《かばね》を戰野《せんや》に曝《さら》すは固《もと》より軍人《ぐんじん》の覺悟《かくご》なり。縱《たと》ひ遺骨《ゐこつ》の還《かへ》らざることあるも、敢《あへ》て意《い》とせざる様豫《やうかね》て家人《かじん》に含《ふく》め置《お》くべし。

三　戰陣《せんぢん》病魔《びやうま》に斃《たふ》るるは遺憾《ゐかん》の極《きはみ》なり。特《とく》に衛生《ゑいせい》を重《おも》んじ、己《おのれ》の不節制《ふせつせい》に因《よ》り奉公《ほうこう》に支障《ししやう》を來《きた》すが如《ごと》きことあるべからず。

四　刀《かたな》を魂《たましひ》とし馬《うま》を寶《たから》と爲《な》せる古武士《こぶし》の嗜《たしなみ》を心《こころ》とし、戰陣《せんぢん》の間常《かんつね》に兵器資材《へいきしざい》を尊重《そんちよう》し、馬匹《ばひつ》を愛護《あいご》せよ。

五　陣中《ぢんちゆう》の德義《とくぎ》は戰力《せんりよく》の因《もと》なり。常《つね》に他隊《たたい》の便益《べんえき》を思《おも》ひ、宿舎《しゆくしや》、物資《ぶつし》の獨占《どくせん》の如《ごと》きは愼《つつし》むべし。「立《た》つ鳥跡《とりあと》を濁《にご》さず」と言《い》へり。雄々《をを》しく床《ゆか》しき皇軍《くわうぐん》の名《な》を、異郷邊土《いきやうへんど》にも永《なが》く傳《つた》へられたきものなり。

六　總《そう》じて武勲《ぶくん》を誇《ほこ》らず、功《こう》を人《ひと》に讓《ゆづ》るは武人《ぶじん》の高風《かうふう》とする所《ところ》なり。他《た》の榮達《えいたつ》を嫉《ねた》まず己《おのれ》の認《みと》められざるを恨《うら》まず、省《かへり》みて我《わ》が誠《まこと》の足《た》らざるを思《おも》ふべし。

七　諸事《しよじ》正直《せいちよく》を旨《むね》とし、誇張《こちやう》虚言《きよげん》を恥《はぢ》とせよ。

八　常《つね》に大國民《だいこくみん》たるの襟度《きんど》を持《ぢ》し、正《せい》を踐《ふ》み義《ぎ》を貫《つらぬ》きて皇國《くわうこく》の威風《ゐふう》を世界《せかい》に宣揚《せんやう》すべし。國際《こくさい》の儀禮《ぎれい》亦《また》輕《かろ》んずべからず。

九　萬死《ばんし》に一生《いつせい》を得《え》て歸還《きくわん》の大命《たいめい》に浴《よく》することあらば、具《つぶさ》に思《おもひ》を護國《ごこく》の英靈《えいれい》に致《いた》し、言行《げんかう》を愼《つつし》みて國民《こくみん》の範《はん》となり、愈々《いよいよ》奉公《ほうこう》の覺悟《かくご》を固《かた》くすべし。

結《むすび》

以上述《いじやうの》ぶる所《ところ》は、悉《ことごと》く勅諭《ちよくゆ》に發《はつ》し、又之《またこれ》に歸《き》するものなり。されば之《これ》を戰陣《せんぢん》道義《だうぎ》の實踐《じつせん》に資《し》し、以《もつ》て聖諭《せいゆ》服行《ふくかう》の完璧《かんぺき》を期《き》せざるべからず。

戰陣《せんぢん》の将兵《しやうへい》、須《すべか》らく此《こ》の趣旨《しゆし》を體《たい》し、愈々《いよいよ》奉公《ほうこう》の至誠《しせい》を擢《ぬき》んで、克《よ》く軍人《ぐんじん》の本《ほん》分《ぶん》を完《まつた》うして、皇恩《くわうおん》の渥《あつ》きに答《こた》へ奉《たてまつ》るべし。

「論理的ではないなァ」今、思い起こしても「戦陣訓」は難かしい。語句をわざわざ難かしくして、意味不明な文章にしたらしい。ルビ、振りがなのつけ方もおかしい。

みんなが、一字一字覚えるのに、ひどい苦労をしていた。夜、消燈後、便所の中に入って、呪文《じゅもん》のように復唱《ふくしょう》していた……死ぬために、どうして、この「戦陣訓」を覚えなければならなかったのだろう……真に、本当に、しっかりと覚えなければならないのは、下士官以上、いや、将校以上がしっかり、覚えて理解するのが……大切なことではなかったのか――何もかもおかしいことばかりだった。

こんな形式ばった文章を口にしていると、なぜか腹が立ってくる……

バカなことを、無理に覚えなくてもよいことを、なぜ、あんなに、聞いたんだろう

……あの人たちは、このへんな文章を、暗記していたのだろうか――

理論も理屈も全く通じない、こじつけだけで押し通して、初年兵をいじめて、泣かせて、意地悪をしたんだ……全《まった》く実効《じっこう》を伴《ともな》うこともない、おかしい文章である。

もう、そんなことは、どうでもよい。

これから、オレは、どうしたらよいか――分からない。

自分が苦しい時、悲しい時、淋しい時に、オレは、まだ子供だった頃の少年たちのことを思い浮かべて、慰《なぐさ》められた。

あの同じ集落に住んでいた仲の良かった、かわいい少年だった、あの二人はどうしているだろう？――おとなしい少年だったのに、その兄弟が、だんだん大きくなって、アメリカのライト兄弟のように飛行士になった。そして空を飛ぶようになった。

二人は陸軍の飛行学校を卒業して、今は、飛行機に乗って、空を自由に飛んでいる。然《しか》も立派な飛行機の操縦士になって、何処かの空で戦っている……オレが、高等学校に進学した時には、ほんの子供だった。

あの頃、あの二人の兄弟はまだ小学校に通っていた。かわいい坊やだった。

あれは、小学校の何年生だったんだろう――まるで、夢のような年月である。

空を飛べたら、いいだろうなァ……彼等は、こんな苦しい体験はしていないだろう？

……妙に、なぜか、そんなことを思ってしまう。

二

しかし、誰でも空を飛べるわけではないのだ。

空を飛びたい。空を自由に飛びたい。人類は、長い間、その夢を抱いて実現したい……と、この地球上の世界の多くの人たちが、それを試《ため》していた。失敗しては、いどみ、失敗しては、繰り返し試作《しさく》しているうちに――

とうとう空を飛んだ。あのアメリカのライト兄弟が、ほんの僅かだったが、空を飛んだのだった。

人間が機械を操《あやつ》って空を飛ぶ……

その夢がたしかなものになった。そして繰り返し繰り返し改良している間に、いつの間にか、飛行機は空を自由に飛べるようになった。そして、世界の各国に優秀な飛行機が製造されるようになった。

……今、飛行機は、空を飛んで、インドやビルマの空でも戦闘に参加している。あの、コヒマの空には、ボーファイターと言う、空冷のエンジン……地上すれすれに飛んでくる双発の飛行機が、われわれ日本軍を狙《ねら》い撃《う》ちして襲いかかってきた……身をかくそうにも隠《かく》れる場所はなかった。イギリス軍のあのモスキートと言う飛行機は怖《こわ》い……ブルンブルンブルン……もたもたしているように飛んでいるのに、いきなりダイブ(dive)——急降下して銃撃してくる——木金混合だそうだが、凄《すご》い性能のいい飛行機だった。

夜間にブルンブルン……不気味な爆音をさせて飛び廻っている——双発のスマァートなあの飛行機は偵察機らしいのに、戦闘爆撃機のように、地上を狙って銃撃を繰り返して、爆撃しているのを見て、身震いした——

あんなのが空を飛んでくると、ぞっとして、身の置き場所がない——超低空で飛んでいるモスキート、あんな飛行機が日本の陸軍にあるんだろうか？　あんな性能のよい飛行機に、あの兄弟は乗って空を飛んでいるのだろうか？……

「うらやましい……羨《うらや》ましいなァ――」

「真面目で、おとなしくて、明るい笑顔を見せていた……あの子供たちが、いつの間にか、空を飛んで、戦争に参加している――信じられないのだ――何も彼も信じられない。死ぬんじゃないぞ！　死んじゃダメだぞ……生きるんだ――生きていなければ、人間は、何も証明出来ないのだ！」わたしは、そっと呟《つぶや》いた。

――あの学校の門を出て、通りに出ると、ずっと松並木になっている――あの古い松並木を、オレは、ずうっと歩いていた。

風が吹くと、松の木の上の方で、松風が泣いているように、思われることがあった。あれは、しょうらい、しょういん（松韻）、松籟《しょうらい》と言った。

あの中学校から、陸士とか海兵に進学したあの少年たちは、晴々とした顔をして、天下を取ったように嬉々《きき》として、自己主張をしていた――まだ十二、三の幼年学校に入校した子供たちが、もう一人前の人間になったように、肩を張って台上に乗って国家を論じたりしていた――あの連中が軍隊の指揮を取るようになるのだが、どんな人物になるのか――

「人物」とは、立派な人格のある人間と言うことだが、今の世の中は偉くなることは、女中のような、何も彼《か》も世話してくれる従僕《じゅうぼく》を従《したが》えて、肩をそびやかして、馬上に股《また》がっている軍人のことらしいが、そうではない。

当番兵に何もかも世話をしてもらうでくのぼう（木偶の坊）ばかりじゃ、兵隊や兵卒泣かせである。その当番兵がどんなものか？　一度でも体験すれば、どんな辛いものか……分かってもらえるのだが――部下に思い遣りのある上司、そんな人格者なんか、いるもんじゃない。誰でもなれないのが淋しい――


「今も、あの松並木は、あのまま残っているのだろうか……？　懐《なつ》かしいなァ。父と一緒に歩いた、あの松並木、足を止めて、梢の風のシュウ、シュウ……と、泣いているような音を、聞いた――あの音が、今もわたしの耳の底に残っている……」

あの松並木を、もう歩くことはない……

多分、ないだろう。父と一緒に肩を並べて歩いたことを、思い出す……

父は自転車に乗って通りかかって……自転車から降りて……歩いたことも思い浮かん

でくる。いろんなことがあった。さまざまなことが、ぐるぐると……甦ってくる。〈父は、今、どうしているだろう――夜、夜明けだ……父は、静かに眠っているのだろうか？……〉

いつの間にか、また雨になっている。小雨に変っている。父の顔が、思い浮かんでくる。父とは、もっともっと一緒にいて、いろんな話をしておけばよかった。こんなことになるのなら、もっともっと思い出になるものを、やればよかった……そう考えていると、今の自分の境遇を思って、心が沈む。父にもう二年……手紙を書いていない――オレは、ずっと日記も書いていない。メモを取るノートも持っていない。

今更、この「インパール作戦」が、突然中止になっても、どうにもならないなァ……「退却」「撤退」は、われわれ日本軍にとっては、恥である。そう、ずっと長い間思われてきた。そのために、撤退することを、「転進」と呼んだ。兵隊の耳は、「地獄耳」である。どんなことでも、必ず何処からか、さっと、噂を聞き取って、たちまち伝播《でんぱ》される――危機に際しては、本能的に、それを感じ取っている筈……だが、まだ「転進」の命令は、何処を歩いても、聞いたことはなかった。

しかし、現に多くの兵士、無数の将兵が、退却している……指揮は乱れている。補充、補給は全くない。増援部隊もやって来ない。これから、どうなって行くのか……分からない。どれだけの兵隊が死んで行くのか？　理解できない……何かおかしい。おかしいことばかりだ。へんだなァ……。

「おい、ジロウ、大丈夫かい……お前、あのシオ、岩塩はどうした？　雨で濡れたんじゃないか――大丈夫だったのか？……」

〈シオ、ガンエン……あっ……シオ、シオはどうしただろう……〉わたしは、急いで、背負ひ袋のヒモを解いて、竹筒を探す……

あった――中を調べる――大丈夫だった――気をつけて、ゴムの袋をかぶせてあるので――雨は入り込んでいなかった……

このゴムの袋のお蔭であった。これは、コヒマの戦闘の時に、イギリス軍の残してくれたものだった――小さい、岩塩を、口に入れて……竹筒の口の栓をしっかりとはめこんだ……それから、元の通りゴムの袋の中に入れてから、口をしっかりと結んだ――

竹筒をもう一度よく調べて——それから、水筒の水を、チビチビ……飲んだ……岩塩は口の中に残して、嚙《か》まずに、舌の上に乗せて舐《な》めた……

「ビルマ方面軍司令官は、今、何処にいるんだろう？　どうして、前線に出て、実情を確認しないのだろう……今、状況はどうなっているか……一番大切なことを、参謀長や幕僚たちと、一緒に冷静によく観察して、みんなの意見を聞いて、熟慮し、検討しないのだろう……自分たちは、後方にいて、何んの不自由もしない。食べる物は、十二分にあって、日本酒もウイスキイの洋酒も、いつでも飲める……タバコなど幾らでもあるそうだが、そのタバコはジャワの『チレボン』とか『コオア』の上等なタバコを吸っているらしい……『ほまれ』とか『金鵄《キンシ》』『敷島』とか、『朝日』そんなものじゃない極く上等なタバコを吸っている——

だから、前線で苦しんでいる将兵のことなど、何一つ判らない——人間は食べ物がなければ、生きていられないこと……に、思いはおよばないのである。

オレたちには、肝心な食糧も……届けてくれなかった——タバコなんか、とっくに切れてしまって、もう口にしたことはない……

ところで、あの内地のお偉いさんたちは、どうしているんだろう――指揮系統は、あの大本営の作戦参謀部の偉い人たちは、この『インパール作戦』の実情を、知っているんだろうか？――

こんな知識は、コヒマの前線から、オレが撤退して、後方の兵站病院へ辿り着く前の途々に、人伝《ひとづ》てに聞かされた話であった。

もし、われわれ前線の兵士が食う物もなく戦っていること――を、知っていて、戦術、戦略を変えないのなら、もう終りだろう――

指揮系統は、どうなっているのか？

ビルマ方面軍司令部に、全《すべ》てを任《まか》せて、知らん顔をしているんだろうか？　行き詰まった作戦を、好転させるのは、大本営の作戦参謀部が取り仕切っているのではなかったのか？　へんだなァ――ビルマ方面軍と第十五軍は、どうなっているんだろう……

ミッドウエイ海戦もアリューシャン列島のアッツ島、キスカ島の上陸作戦も大本営の命令で、作戦は開始して、ミッドウエイの海戦は失敗して中止命令を出した――

そして、その頃苦戦を強いられた山崎大佐のひきいる部隊は全員玉砕してしまったらしい――キスカ島の守備隊は全員撤退したとか、言われたが、真実はどうだったのか？

大本営は勝ち戦《いくさ》だけを取り仕切って、負け戦《いくさ》は、俺達には関係ない――と、無責任に思っているのだろうか？ ミッドウエイ海戦に失敗した時に、直ちに作戦の中止命令を出したのに、なぜ、今、『インパール作戦』を中止しないのだろう――参謀部は何をやっているんだろう？――

そして、その参謀部は何処にあるんだ！

まさか、雲の上にあるんじゃないだろう……第十五軍の上には、ビルマ方面軍司令部の軍司令官のK中将閣下だったか？……その人とM軍司令官閣下と、本当に意志は通じているのだろうか？ 偉い人たちのやることは、われわれ下《した》っ端《ぱ》には、さっぱり理解できない――両方の軍司令官は、お互いに緊密な連絡を取り合って、戦況を摑《つか》んでいる筈だが――戦況の実態を、まるっきり知らないのだろうか？――」どうしたんだろう？

大本営は、ビルマ作戦のことや、「インパール作戦」のことは、詳細に情報を調べて、実情を把握《はあく》している――そうでなければ、誰がこの作戦を指揮し、「命令」するんだろう……過去に、いろんな作戦を展開し、いろんな体験をして来て、いろいろ作戦上に失敗もあった筈だが、それを、どんなふうに真剣に検討したんだろう――同じようなことを、いつも繰り返しているのなら、もう処置なしだ！ お偉いさんたちには、人間の死など、部下の死など、全く眼中にはないらしい。
お偉いさんたちには——特権意識が強過ぎるから、いけないのだろう。特権階級がいけないのだ。武士道とは戦場にあって主従生死を共にする……と言われるが、どうも違う。

実情は全く違う……。

武勇を尊《たつと》び、恥を知り、質実剛健《しつじつごうけん》であって、清廉潔白《せいれんけっぱく》にして、簡素である……何も彼もおかしいように、感じてしまう。彼等は絶対に自分の死のことなど考えていないのだろう……生死を共にしようと考えていない指揮官なら、われわれが野垂れ死にするのは、当《あた》り前だろう。

われわれがどんな死に方をしようと、どうでもよいことだろう——どうせ、あの「インパール作戦」の実態など知る筈はないのだから、あのコヒマの「地獄の谷」の悲惨な戦闘のことなど知ろうともしない……

……みんなが、蟻《あり》のようにバタバタ射たれて倒れて死んで行った……手や足……腹、頭をやられ、吹き千切られて、飛び散って、消えて行った……どう仕様もなかった。

助けてやりたかったが、身動きも出来ずに助けられなかった。

……今も、オレの目に浮かんでくる――

偉い人たちは、そのことを知らないのだ――

そんな偉い人たちに、われわれが初年兵の時に、苦しめられ、いじめられて――偉そうにして、あの「軍人勅諭」の全文を教えられた。暗唱させられた――あの軍人精神の本当の心髄《しんずい》を、もう一度しっかりと判読して欲しい。はっきりと認識して欲しい。……あの、一、軍人は忠節を尽くすを本分とすべし……信義を重んずべし。……質素を旨とすべし。そんな五ヶ条ではありません。

それぞれの全文をしっかりと認識して、われわれのために行動して欲しいなァ。

そして、ちゃんと実状を知った上で、命令して欲しい――


わたしは、内地で初年兵教育を受けて、いろんな体験をしてきたが、内地の故郷の父と母には、ほとんど葉書を書いていない――

残念ながら、軍隊の実体について何一つ知らせることは出来なかった。自分が輸送船に乗せられて、門司港を出港して、台湾海峡を無事に通過し、運よくバシィ海峡も無事に通過して、フィリッピンのマニラ港に着いた……ことも、何も知らせていない。

軍事郵便の葉書一枚も書いていない……

葉書も形式的で、拝啓——こちらは元気で軍務に一生懸命励んでおります——と、みんな同じような文章を書いていた。

実情は決して知らせてはいけない——


大日本帝国の軍隊には、人間的な言葉の「掛け替えのない」と言う、大切な言葉はない。そんなしゃれた、大切な人間の生命については、「掛け替えのない命」なんて、存在しない。一つの生命は、単なる消耗品であり、単なる員数の一つとして取り扱われる。だから消耗品は死んでしまえば、また、直ぐに員数として新しい兵隊を補充して配属される……これが、帝国陸軍であった。

武士道とは、武士道とは戦場にあって主従、将も兵も生死を共にする、苦難を共にして戦うことを言う、それが、実情は全く違う。違うのだ！　武勇を尊び、恥を知り、剛健であって清廉、そして簡素を旨とする……そんなことを言っても大いに違う……特権意識が軍人は強過ぎるのだ。特権階級がいけない――そのために、人間の頭はおかしくなってしまう。

権威とか権力を軽々しく与えるから人間は狂ってしまう。

武士団そっくりの特権階級をそっくり残して、作り出したために、世の中は決してよくならない……そう思ってしまう。

「権力」こいつが、人間社会の人間を完全に堕落させてしまう。元来人間を支配しようといういたずら心を持つからいけないのだ。

武家社会――武士の社会制度は、そっくりそのまま大日本帝国陸海軍の組織を産み出している。国家を防衛するのが軍隊である。

「軍隊は国に奉仕することを本務とする世界の筈だが、偉い人たちは、必ずしも奉仕を旨としていない。

軍人は忠君愛国の精神を持って、国に奉仕する人間だと、陸軍も海軍も口にしながら、仲が悪い――海軍には、兵学校の生徒達が五省とか、気取って、反省訓を口ずさんでいるらしいが、帝国海軍の軍人たちは、奇妙なことに、あの長たらしい、『軍人勅諭』を暗唱することはないらしい……『軍人勅諭』は、明治の初期に陸海軍軍人に出された勅諭だった筈だが、正確には明治十五年一月四日だ！　それなのに、何故、海軍は、それを実行しないのだろう……」

どうも、海軍も陸軍も競争意識がそうさせるのか——全くおかしいことばかりだ。

高等学校や専門学校を出た学歴のある連中が、海軍を志望するのは、あの難かしい「軍人勅諭」を覚えなくてもよいことが、原因だろうか？　海軍の方がバカみたいな乱暴なひどいリンチが行なわれていると言うのに、女学生みたいに憧れるのは、何故だろう——

われわれは、自分の直属の上官の、それぞれの顔をよく知らない。ずっとずっと上の偉い人たちの顔は、まるで雲の上の住人のように、全く知らないのだった。

偉い人たちは、恐れ多い……その顔を直接拝見したことはないので、どの人が、どんな顔をしておられるのか？　想像もできない。

遠くの方に、その人たちが現われても、誰が誰なのか、さっぱり分からない……ただ遠くから緊張しながら、号令に従って、カシラを向ける……「気をツケエ！　カシラァ……ミギ！」とか、「カシラァ……ヒダリ！」と、号令を聞いて、首をサッと向けても、顔はよく見えない……よく分からない。

それは、あのホーソンの「ザ・グレイト・ストーン・ヘエイス」の中に出てくる、年老いた将軍と同じような人物のように思ってしまう――その人たちは、われわれに近付いてきて、優しく声をかけることはなかった。

そんな、顔もよく知らない、指揮官の面《つら》など、どうでもよい。

たしかなことは、われわれの仲間の人たちが、そんな指揮官の命令で、ムザムザと殺されたことは、決して忘れない――遠い所にいて、命令だけを、送りつづけた人たち――

そして、その命令によって、死んで行った戦友のことを、オレは、死ぬまで忘れないだろう……いつか、人間はどんな人も終焉《しゅうえん》を迎える。遅かれ早かれ、みんな……

「インパール作戦」で、コヒマのあの山岳戦のこと、「死の谷」の戦闘のことは、あまりにもなまなましくて、誰にも語れない……

みんな、バタバタやられて死んでしまった――日本軍の第三十一師団の、皇軍の誇り高い将兵は、あの激戦の中で散ってしまった――あれは、あの「命令」と言う厳しい鉄槌で、われわれを死の谷に突き落とそうとしたのだ。人間を、蟻の群れのように踏みつけて、殺された。死んだ。

人間が踏み潰されるようにして死んだ。

「死は鴻毛《こうもう》よりも軽《かる》し」まさに、その通りだった。

みんな誇りを持った、大日本帝国陸軍の精鋭《せいえい》であった。素晴らしい将兵たちであった。

あの人たちの中で、今どれだけ、生き残っているのだろうか？

まさか、みんな玉砕してしまうことはないだろう――あそこには、忠実な日本人が沢山いた――誠実な軍人らしい軍人がいた――

だが、あれだけ有名で多くのことを成し遂げた聖徳太子の死後、その子孫が、みな殺しにされたように、みんな亡んでしまうのかも知れない。

日本の歴史の中に、名も残せないで、消えてしまった――これからも消えてしまう人びとがいる……みんな、みんな死んでしまうのかも知れないなァ――

あの遠い日の内地の軍隊で、毎日聞いて、自分の心を取り戻そうとした日々は、もう帰《かえ》らない。
静かなあの営庭に響いた、あの消燈ラッパの声は聞こえない。あのラッパのひびきは、
もう聞くこともない……
「新兵さんは、かわいそうだね
　また寝て泣くのかよ……」
ああ、思い出すなァ……みんなみんな、あれからどうしただろう――

へいたい　へいたいと
　バカにするな
朝から晩まで　追いまくられて
　ぺこぺこしても　殴《なぐ》られた
ロクロク飯《めし》も　食《く》わされず
　やがて　戦地に送られて
いつしか　野垂れ死に　せにやならぬ

あわれや　哀れ　ひとの定《さだ》め
カラスがやって来た時は
　そっとわれらに声をかけておくれ
頼みたいことが　あるのだよ
故郷の親と子に——それから——そして……と、伝えておくれ
そっと優しく　伝えておくれ
彼は立派に　男らしく戦って
死んで行ったと……やさしく、はっきり伝えておくれ

三

あれから、三日が経った。

わたしは、まだ生きている。わたしは、ふっと目を覚ましていた。

夜が明ける。また新しい朝がやって来た――また雨になった。

どんよりとした空は曇って、薄暗かった。梢から、また雨が容赦なく降ってくる。

「オレは、生きている……運がいい、運がよいのだ……生きていたい……死にたくない……みんな、どうしているんだろう……」

わたしは、小さい声で、そっと呟いた。

「死にたくない。ここまで来て、こんな姿で死にたくない。犬死にしたくない――」

また、あの声がする。声がする……

「ジロウ、しっかりしろ……まだ、大丈夫だ！　まだ、死んではいかんぞ――元気を出せ！　元気をだすんだ……しっかりするんだ！　しっかりせい。元気を出せ――お前の仲間は、まだ生きている。みんな……頑張っているぞ――」

しばらく何も聞こえない。声もしなかった。鳥の鳴き声も、ここにはしない。

雨、雨の落ちてくる音だけがしている。

ここには、誰もいない。わたしが、たった一人、木の根の所に身体を横たえているだけであった。

眠っている間、意識もなく、ある日、突然わたしは死んでしまうかも知れない……

ふとそんなことを思って、眠れなくなった。手は冷たかった。全身が雨に濡れているので、冷たくなっていたのかも知れない。

急に心配になって、左手首に右の人指し指と、三本の指先を当てて、脈を探す……脈はない……脈がない……指先にトットッと音はひびいてこない……へんだ、へんだなァ――

急に、なぜか、イソップ物語を思い浮かべる――へんだ……探す……あった！……かすかに、打っている。——手首はつめたかった。身長一メートル七十四センチメートルだった、わたしは、ずいぶんやせてしまった……

今、体重は幾らあるのか？　分からない……軍隊に入営した時、体重は64㎏だったか？　あれから、二十キログラム以上は減《へ》っただろう……もっともっと、ヤセてしまった……飢えて、食べている物は、草と木の葉……竹の子の小さい、若いやわらかいのを、探し廻って、とって食べる……ニラやニンニクやノビルなどを、夢中《むちゅう》になって探す……木の実は、滅多《めった》にない——珍しく青いマンゴーの実がなっている大木《たいぼく》に出会った。

マンゴーの実は青かった。

夢中になって、マンゴーの実を千切った……しかし、いざ食べてみると、青くて、しぶかった……マンゴーの実は、しぶい——

それでも、食べた……気がついたら、いつの間にか、口の周《まわ》りがかゆくなった……マンゴーの実にかぶれてしまったのだった——あの時は、ひどい目にあった——

「あれは、うるし科だった——」——

あれから、いろんな木の実を探して歩いたが、マンゴスチンの実も……パンの実にも出会うことはなかった。

南方には、いろんな木の実があると聞いていたが、原住民の住んでいない密林の中には、何処にもわたしを喜ばせてくれるものはなかった——ジャングルの中は、歩けない——

今、父と母が、こんな姿になっているのを見たら……どう思うだろう!?　ひと目見て、自分たち二人の子供の、あのジロウ……だと、信じてくれるだろうか……。

「いろんな言葉があるのに、オレはだんだん文字も言葉も忘れて、失ってしまう。あんなに、いろんなことをやったのに、何もかも失ってしまった——」

〈何々をしたい。あれは、アイ・ウィッシュ（wish）、ウィッシュ（wish）、アイ・ウィッシュ（I wish……）……ディザイヤァ（desire）、アイ・ディザイヤァ（I desire……）——アイ・ウォント……ウォント（I want……）……アイ・ホオプ……（I hope……）——マスト（must）——シュッド・ライク……（should like）、シュッド・ライク・ツウ……I should like to……アイ・ウィッシュ……I wish……、アイ・シャール……I shall go to……〉

「いろんな、英語があった――I will go……I shall go……」

〈あの三省堂のコンサイス辞典の一冊を、持っていれば、いろんな時に、使えたんだが……『コンサイス英和辞典』でも、和英でもよい、あったらなァ……〉

けれども、そんなものは、軍隊では絶対に許されない――どうにもならん。

何もかも忘れよう。何もかも忘れてしまおう……淋しいなァ。いろんなことがあったのに……。何もかも、ダメになった――


お偉い人たちは、われわれ最下級の従僕のような兵隊たちのことなど、どうでもよいらしい。消耗品だし、いつでも「召集令状」を出せば、ちゃんと補充出来るのだから、軍隊の組織が崩れることはない。

偉くなってしまうと、みんな官僚的な人間になってしまって、事大主義になるのだ。

自分の出世のために目が暗《くら》んでしまう。

「守銭奴《しゅせんど》」になって、自分のことばかり考えるようになってしまう。明けても暮れても、ああしよう、こうしよう……と、いろいろ上司のことなど考えて眠れない……機嫌取りをしなければ、人生は出世しないことを、見たり聞いたりして、知ってしまったからいけないのだ。

あっさり、出世のことを諦《あきら》めて、本務のことを真剣に考えれば、忙しくなって、疲れてぐっすり眠ってしまう……そうすれば、少しは人間らしい明るさを取り戻せるのに、そうはいかない。先輩とか同級生とか下級生の目が、自分を見て罵《ののし》ったりするのが、耳に入ってくる……やりきれない。

すると、いつの間にか気が変って、また事大主義になってしまう。そうなると、だんだん気が楽になって、みんなと一緒になって、〈いい湯だね！〉と、はずんでしまう。酒もうまい――

とうとう、やはり「役人的」になって、全く融通のきかない男になっていて、偉そうな顔をして、いばりちらす役人の顔になっている……「官僚的人間」になったのだ。

形式的なことにこだわって、無理難題を押しつける。中身の全くない、空《そら》ごとだけを考え、上の人のことばかりに頭がいって、大事な作戦指導なんか、第一線の部下の将兵のことなど、思い到らない――そんな無責任な指揮者の許で、人びとは空しく死んで行った。

「官僚的」になって、いつの間にか、形式的な柔軟性のない、権威主義、秘密主義の行動を取っている――そんな無責任な人間が、国を亡ぼしてしまう――

官僚、役人、軍人……みんなみんな頭はよい筈だが、いつの間にか私利私欲を心の奥深く養っているために、だんだん要領のよい人間になってしまった――そして、平気でウソを言う――軍隊には、「道徳」とか「道徳的」と言う言葉はない。もちろん「倫理」について、軍人は語ることはない。

繰り返し繰り返し、戦況は好転している――ビルマ作戦は輝かしい戦果を上げて、四月二十九日の天長節には、コヒマ、インパールは、わが軍の手に落ちる。占領！ 間近し……あんな噂の報道のお陰で、われわれ前線の将兵がどんなに苦戦を強いられていたか――理解してもらえない……戦争では、勝った、勝った、勝った！ 勝った……そのことだけが、日本国民に勇気をあたえているのだった。

だから、戦争には、決して負けてはいけないのだ。どんなに苦戦しても……善戦している。勝っている……と、ウソを言わねばならなかった。

苦戦の中で、いつの間にか「天長節」の四月二十九日は、暮れた。――そして、五月になっても、コヒマは完全にわれわれの手に落ちなかった――そして、インパールの道も、だんだん遠くなって行った……

繰り返し繰り返し、攻撃命令は、前線に届けられた……前進できなかった。

動けなかった――みんなみんな、懸命に戦っていた……次々に、われわれの仲間は、死んで行った――雨、雨だった。雨が激しく降りだした。英印軍は激しく抵抗していた……

『イギリス兵は、みな、臆病である……とんでもない！』あんなに勇ましい敵に出会ったことはなかった。

『シンガポールのブキテマ高地での、あのパーシバル将軍……』いろいろ日本で言われていることは、違う――そんなのは、ウソだった。『腰抜け』ウソをつけ……

『攻めれば、イギリス軍は逃げる……』そんなウソを平気で言う……イギリス兵もインド兵もグルカ兵も、みんな死にもの狂いに戦っていた……彼等はどの将兵も勇敢であった。信じられないほど、抵抗して、戦っていた――

友軍は、バタバタやられた――つぎつぎに死んだ……一つの敵の陣地を占領しても、直ぐに襲いかかってきて、奪《うば》われてしまう――

ああ、惨めだった……どう攻めても、ムダであった。これは、夢であって欲しかった。

しかし、それは、夢ではなかった。

現実であった。仲間は死んだ——

「このわたしの三十年近い人生は何だったのだろう?……」ふっと、オレは思ったりしている。人生には、いろいろな転変がある。

あのまま、わたしが生まれ故郷に残って、田舎の平穏な県立中学校の英語教師をして、時代の波の変化の中で、今も、なお教員をつづけられた……と、は、思われない。

ましてや、大日本帝国陸海軍が、米、英に対して宣戦を布告した、あの二年半前の、昭和十六年十二月八日……あの日から日本人の意識は、一変してしまった。

たちまち英語は「敵性語」と呼ばれて、毛嫌いされるようになった。

それ以前の何年か前に、中国人や朝鮮人のことを「チャンコロ」「チョウセン、チョウセン」と叫《さけ》んで、バカにして、さんざん軽蔑《けいべつ》していた人たちを、まるで、裏と表が、ある日、いきなり一変したような、取り扱いに変って行った。

何故か、たちまち、中国人や朝鮮人が友好国の同胞《どうほう》のように、親しみを持って味方として迎えられるようになって行った。

日本に、九州に最も近い国である朝鮮の人びとは、いつの間にか、日本人と同格の人間として、取り扱われるようになったのだった。朝鮮人には戸籍の日本人名を、当然のように与え、大日本帝国軍人、軍属として採用して、特に日本本国に居住権を有する朝鮮人の若者には、徴兵制度……を実施して、朝鮮人にも台湾人にも、当然、陸海軍の諸学校の受験資格を与えて、陸軍幼年学校、陸軍士官学校の陸軍生徒として、優秀な青少年を数多く採用して、日本人として誇りを持つことを手懐《てなず》けたのだった。

そして、満州国や朝鮮国の王公貴族の子孫の子弟《してい》は、特別に優遇されて、いろいろ配慮して、陸軍士官学校の生徒として丁重《ていちょう》に迎えられて、教育を受けた。

やがて彼等は卒業すると、満州国や朝鮮の軍の枢要《すうよう》な地位を与えられた――

当然、台湾は日本の植民地として統治されて、重要な役割を果たしているのだった。台湾人の高砂族の原住民を大和民族に等しい志願兵として、どしどし採用して、大東亜戦争の日本軍の尖兵《せんぺい》として、前線に送り込んだ――朝鮮人の多くの人びとを日本国内に労働者として連れて来て働かせたり、若者たちは軍人として採用したり、日本名の姓名を名乗らせて、日本人のように軍務に従事させたり、さまざまな方法を取り入れて、戦争への協力を――そんな時代の波の中で、わたしのような男は、日本人として恥ずべき憎《にく》い人間として、だんだん考えられるようになっていた――あれは、そんな時代の雰囲気の中の夏休みの頃だったのか？　もう思い出せない。

中学生達は、軍隊の予備軍として、生徒達に軍事教練、校内野外の教練や軍事演習が、だんだん強化されるようになった――

そして、とうとうある日、わたしは、中学校の配属将校のS中尉との意見が対立した――わたしの運命は、急変してしまった。

それは、その日、わたしは当直になっていて、みんなと一緒に行動できなかった。

その日の野外演習には中学校の四年生、五年生の生徒たちが、全員行軍に出かけた……暑い、暑い日のことだった。

ある一人の生徒が病気のために、その演習を欠席して、教室に一人残って、英語の本を開いて勉強していた……その場に、わたしはいたのだった――なぜわたしがそこにいたのか？　思い出せない。

――演習から帰って来たS中尉は、勢い込んで長靴を踏み鳴らして、教室の中に飛び込んで来た……その顔は、汗ぐっしょりになっていた。軍服も汗に濡れていた……

その後、いろいろなことがあった。とうとう憲兵がサイド・カーに乗って、学校に現われ——わが家にも、そのサイド・カーの憲兵軍曹が、度々現われるようになった。——事は一変した——そして、わたしは憲兵分遣隊に出頭するように、ある日、命ぜられたのだった——上官侮辱《じょうかんぶじょく》の罪《つみ》？……それは、病気の生徒に対する、配属将校の意見の対立であった……見解《けんかい》の相違だった——ただし、配属将校と一英語教師の身分の違いによって、罰せられたのかも知れない——

「暑いのに、大変でしたね！　ご苦労さまでした——」そう言う、いたわりのことばがあれば、問題はなかった!?……。

集落の村の人びとは、あのジロウ先生が——どうして、ケンペイタイに呼ばれたんだろう?……噂は、村中《むらじゆう》に伝えられて……いろいろな話題になった——

父と母が、そのことでどんなに、どんなに恐ろしい思いをして、苦しんでいたか……はっきり、分かった。

しかし、事の流れは「思想問題」ではない——それほど、恐れることはありませんよ……やがて、あの人も、ぼくのことを理解してくれます——心配いりません。——ただ、あの人は将校ですから軍人の面子（メンツ）があって——わたしよりも、ずっと若く、チャキチャキの陸軍中尉です。

あの人は生徒たちに人気もあって、決して、悪いおかしい人では、ありません。

――ただ仲間同志の意見の違いで、ケンカになってしまったんです……ぼくが、あのS中尉さんに、ぺこぺこして、謝《あやま》って、頭を下げれば……大丈夫です――ええ、謝ることにします――

わたしはあの時、父と母に、そう話したのだった――しかし、事態は、わたしの運命を変えた――「召集令状」が――

――驚いた！　ショックだった。まさか、こんなことになろうとは、思いもしなかった……あんなことで、役場の方でも、オレを召集する……人選があったとは、思わなかった――兵役について、ひそかに、どの人を次には召集するか、いろいろ話し合って、「召集令状」が、役場の兵事係の方で、決定することを知らなかった。ショックだった……

「テイク・ケェア！　ファブ・ア・ケェア……take care!　Have a care!　ルック・アウト！……アテンション！　ヒィード・ツウ……look out!　attention!　heed to……」

だったっけ、何となく、あいまいになっている――いろんなことがあったんだ！

疲れた、疲れている。

日本の古い時代にも、政治の紛争はあったらしい——いつの時代にも権力争いはあったのだ。——

日本に初めての女帝が現われたのは……

それは、聖徳太子の時代だったらしい。

聖徳太子は、その女帝の推古天皇の政務を補佐《ほさ》して、日本に新しい政治体制を作り出したと言われる。その女帝の日本風の諡号（しごう）これは、死んでから贈られる名前が豊御食炊屋姫天皇で飯炊女《めしたきおんな》の意味らしい。面白い呼び名が豊御食炊屋姫天皇《とよみけかしきやひめのすめらみこと》——だが、宮廷では、朝早く起き出して、御飯を炊いて、それを神に供えることを、女帝が自《みず》ら実行されていた。宮廷では大切な行事だった……

母が毎朝われわれのために朝早く起きて、ご飯を炊いていたように、女帝の偉い人の推古天皇も飯炊きをされた。それを実行されて、おられたのだろう……

何事も宮廷では、神に奉仕することを大切にされていた——

何故か？　そんなことを考えて、頻りに聖徳太子のことを、いろいろと考えている。田舎の父がわれわれ兄弟が小さい頃に、仏間の所に掛けられた、聖徳太子像の掛け軸について、いろいろな話をしてくれたのだった。

父は、「この聖徳太子と言うお方は、大変偉い、頭のよい立派な人だった……」頭のさとい（聴い）、知恵のある人だったらしい。

用明天皇さまの皇子さまで、叔母さまの推古天皇さまのせっしょうとして、女の天皇になられた推古天皇さまの、さまざまな政治を、手助けされた。朝鮮から偉い、偉いお坊さま二人を迎えていろいろ仏教の教えを受けられた……その仏教をこの日本に広めるために、大変骨をおられた。偉いお方だった――聖徳太子は用明天皇さまのお子さまだったので、本当は天皇さまになられる人だったのだが――いろいろなじじょうがあって、朝鮮のミマナと言う所に日本の出先のような、政治や外交をやっている郡事務所のような役所のさい興に力を尽くされた――とくに日本に仏教の教え――仏像や寺院などを作ることなど広められた――先進文物《せんしんぶんぶつ》をこの国に取り入れて、中国とも国交を広められたそうだ――

朝鮮のミマナを回復されるために、シラギのセイバツに力を尽くされたそうだ――大変耳の大きい人で、十人の人間の話を一度に聞いて、それを理解されて、みんなに答えられた……〈そんなことができるなんて……僕には信じられなかった〉

その掛け軸の絵には、笏（しゃく）を胸の所に抱いて髪は黒く、高く結《ゆ》い上げ、そしてずっと下の方に長いカタナを横に吊り下げている……そのカタナの鞘（さや）の三ヶ所か四ヶ所には飾り止め金がついている。

カタナの柄の所も金の飾り止めがしてあった？　ぼんやりと、その掛け軸の絵が思い浮かんだ……背の高い人のようだった。その聖徳太子の立っておられるその両側には、小姓のような、かわいい女の子のような人が立っている……そして、その二人も胸《むね》の上に両手は抱くようにして、衣《ころも》に包まれていた。腰の所には、子供用のカタナを吊り下げていた……今も、あの部屋に飾られているように、懐かしく、その聖徳太子の姿が浮かんだ。

「日本人の中で一番偉いお方だったかも知れない……こんなお方が今の世に、いらっしゃれば、世の中は、もっともっと明るく、みんなが幸福になるように、していただいたのだが――」父が語ってくれたミマナ（任那）に都を作った天皇は、日本の崇神天皇だった――ミマナの王者として、そこにおられたのかも知れない。神功皇后は、三韓（朝鮮）征伐に出かけたと言われた伝説もある。

もともと朝鮮と日本は、昔から、親密な間柄であったらしい。

父はわたしにも、真剣な顔をして言った。

「毎日、朝にも晩にも手を合わせて、こんなお偉いお方に、近づけるようにお願いして……勉強するんだよ……」

優しい父が、改まって、遠い遠い日に話してくれたことは、ずっと心の隅に残っている。学問はなかったのに、いろいろな教訓的な話を、しみじみと語ってくれたのだった。

その後、日本歴史を学校で勉強するようになって、あの隋《ずい》の国の外交文書で日出る国の天子――「日出ズル処ノ天子、書ヲ、日没スル処ノ天子ニ致ス、恙（ツツガ）ナキヤ……」と、堂々と手紙を書いて、隋《ズイ》ノ煬帝《ヨウテイ》ニ送られた――と言う……伝説の人だった。

隋《ずい》とは、今の中国で、煬帝その人は天子だった。

聖徳太子は、日本に憲法十七条を制定したり、冠位十二位を定められた……朝鮮の百済《くだら》、高麗《こま》（高句麗《こうくり》）とも親交を結ばれたり、そこから高名な僧を呼んで師とされ、仏教に深い信心を持っておられた。とか、朝鮮のミマナ（父の言った任那《みまな》）の回復のために尽力された――その時代の日本は、聖徳太子の命令によって、朝鮮の新羅《しらぎ》を攻めて征《せい》伐《ばつ》した後に、兵を引き揚げた――新羅《しらぎ》の統治を目的に攻めたのではなかった――と、いろんな知識に興味を持つようになったのだった。

四天王寺とか、法隆寺を建てられた方だと知った。

父が教えてくれた聖徳太子は、仏教の教典を註釈された……ことも知った。

そして、日本が朝鮮の新羅《しらぎ》を攻めても、直ぐ兵を引いている……今の日本は、違う。占領した国を統治し、何も彼も牛耳《ぎゅうじ》ろうとしている……征服者になってわ、が、ま、ま、な振舞いをしている――今の日本に、聖徳太子が現われて、この戦争を体験されたら、どうされただろう……こんな優れた人が現われて、今も生きておられるならば、こんな大東亜戦争なんて、大それた戦争など、決して起こさなかっただろう……残念なことに、日本には、優れた知恵のある人、知識のある人が、いなかった。だから、石油や鉄《てっ》鉱石、鉄材《ざい》もないのに、輸出国であるアメリカの足に噛みついてしまった……アメリカ、イギリス軍と交戦しなければならなかった。

野良犬のようなヤセ犬が、堂々とした猛犬に、吠えたて、からみついて、蹴《け》っ飛ばされて、キャンキャン悲鳴を上げる――

ヤセ犬は、ぺこぺこして、おとなしくして、じっとしておれば、大きいケガをしないで、すんだものを。——シッポを巻いて、遠くから吠えていれば、それほど、大きい被害はなかった——

それでも、国家の誇りのために、ボロボロになって、傷ついて動けなくなるまで……戦う方法しかなかった。——大日本帝国が滅びるまで、手が打てない——国が亡びるのは哀れで、悲しい……あの「ポーランド懐古《かいこ》」の歌の内容のように、日本がならないように祈りたい……

——かしこに見ゆる　城のあと
　ここに残れる　石の垣《かき》
照らす夕日は　色さむく
　飛ぶもさびしや　鷓鴣《しやこ》の影
栄枯盛衰《えいこせいすい》　世のならい
　その理《ことわり》は　知れれども

かくまで荒《あ》るる　ものとしも
たれかは知らむ　夢にだに

咲きて栄えし、古《いにしえ》の
色よ匂《におい》よ　いまいずこ
花の都の　その春も
まこと一時《いちじ》の　夢にして

……あの軍歌の声が……わたしの耳の底に残っている……

明治時代の日清、日露戦争を何とかうまく処理した後、日本は中国大陸に、野望、野心を抱くようになった。

あの「軍人勅諭」の前文の本文の中に、

「――中世に至りて文武の制度皆唐國風に倣《なら》はせ給ひ六衛府を置き左右馬寮を建て防人

など設けられしかは兵制は整ひたれとも、打続ける昇平に狃《な》れて朝廷の政務も漸文弱に流れければ兵農おのつから二に分れ古の徴兵はいつとなく壮兵の姿に変り、遂に武士となり兵馬の権は一向に其武士ともの棟梁たる者に帰し、世の乱と共に政治の大権も亦其手に落ち――」と、あるように、日本の軍隊の基本の、文武の制度は、みな唐風にならっている――そして、昭和の時代に入って満州事変、支那事変――日支事変……中国への進攻作戦に進展したまま一進一退の戦況はつづいていた。まだ中国の戦闘はつづいていたのに……とうとう大東亜戦争に突入してしまった――

だらだらと中国の戦争をつづけながら、戦争は大転換をしてしまった。無謀であった！ 無法だった！ あれから、まだ戦争はつづいている。底なしの泥沼に沈むように、つづいている――

雨がまた激しくなっていた。

当分《とうぶん》、わたしは、この場所を離れたくなかった。場所を移すことは、今は危険だ！……と思う気持ちがあった。方々歩いて、やっと見つけた場所であった。ここは、カボウ谷地に近い場所だった。

ここから、チンドウイン河に向かって歩くのに地形的に、わたしの判断し易い、行動できる場所だった。ここからチンドウイン河のシッタンの渡し場も、モーライクの渡し場も、そして、カレワの渡し場もそう遠くない……そこまで行くのには、それほどの困難なことは、なさそうに思われるのだった。

多分、そんなに遠く離れているとは思われない——

そして、この場所は、ジャングルの入口から、少し離れた場所だから、誰も入ってこられない、近付いてこない——ここは、ヤザギョウも、そう遠くない。北の方に戻れば、タムもモレーの方にも引き返せる……。

ビルマのチン・ヒル（高地）とかナガ・ヒル（高地）に住んでいる原住民の民族には、古木（こぼく）の大樹には精霊が宿っていると言う伝説があって、原住民はその地に踏み込むことを恐れている——彼等は森の精霊を、神として崇《あが》め尊敬するという、厚い信仰があった。

わたしも、またここに来て、不思議な不気味な神秘感を覚えて、ここには、森の精霊が宿っている大樹がありそうだ……と、無意識のうちに感じ取っていた。

恐る恐る中を歩いているうちに、――

「この木の下に宿ることにしたい……」と、わたしは、即座に決定したのだった。

すると、この大樹が、わたしの最後の宿り木のように錯覚して、安堵したのだった。

「ここにいれば、大丈夫だろう……」

わたしは、足を止めて呟いた。

「そうだ！　大丈夫だよ。ここは、安全だから、ゆっくり休んで行けばよい……少し休んでから、情勢を探《さぐ》ればよい！　急ぐことはない……」どこかで、そんな声が、わたしに囁《ささや》きかけてくる。

「少し休んでから、行動した方がいいよ。急ぐと、お前は、くたばってしまうぞ！

お前は、疲れている。疲れているんだから、休め――休んでから、考えろ……無理をするな！　――」

「そうだなァ……そうしようか？　うん、すっかりくたびれてしまった――疲れている。オレは疲れているんだ。ここで、休むことにしよう……」

背負ひ袋の紐《ひも》を解いて、飯盒をそばに置いた。雑《ざつ》のうも肩から外し、水筒も外した。

そして帯剣を外す……それから大木の根方に崩れるように坐った。
「ここで、休んで行こう……ここならいい。みんな、今ごろ、どうしているんだろう？
雨の中を、濡れながら歩いている……」

——コヒマは、とうとう放棄してしまった……そうだが、占領しても、また包囲されて、砲撃されて、もたなかった——あんなに、ひどい攻撃じゃ、全滅してしまう。もう、潮《しお》どきだったんだ！　あんなに、ひどくたたかれていたんだから——あれじゃ、どうしようもない……

班長殿はどうされただろう……また、あの人は、ひどい目にあって、かわいそうだ——ガダルカナルの戦場から生き延びて……「インパール作戦」に——
〈オレは、こんな所にいて、いいのか？　何処かで、あの人たちを、出迎えてやらねば……ならんのじゃないのか!?　ここから、また後戻《あともど》りして、フミネに行けば——みんなに、出会えるかも知れない……いや、もうオレは、フミネには戻りたくない——あそこでも、友軍は決して、オレを喜んでくれなかった……あんなに、期待して、歩きつづけて、やっと辿り着いたのに——〉

「こんな、乞食のように、うらぶれた姿になって、あの班長殿を出迎えても——あの軍曹殿を、がっかりさせるだけだろう……『お前は、あの……××上等兵か？ ほんとに、そうか？ ひどいね……そんな姿になって……われわれ第百二十四連隊も、やられてしまった——こんな、ブザマなテイタラクだ！——お前も、苦労したんだね……かわいそうに……そんなカッコウ……なって——許せよ！ オレが、悪かった——』あの軍曹どのに、そんな言葉を言わせたくない——ここで、ゆっくり休んでから……これからのことは、考えることにしよう——休もう。眠い、ネムイ……眠ることにしよう……」

雨は激しく降りつづいていた。

このまま降りつづけると、多くの日本兵が雨の中で、死んでしまう……。救いようは、なかった。

あちらこちらのジャングルの中に、病《や》み疲《つか》れて、倒れたまま兵士は横たわっていた。

荒野のあちこちに……大草原の草むらの中にも倒れていた。その兵隊たちの多くの者が黒山の金蠅《きんばえ》に群がられて、吸い取られている。顔や手や足の……至るところに、金バエがたかって、顔のまわりは黒くなって……ムクムクと動いている。口の中にも、鼻の穴も、耳の中にも、丸まると太った白い白い蛆《うじ》が動いている——もう、手のつけようはなかった……。

死体の中には、あの危険な大きい赤蟻の群れにたかられているのもあった——ジロウは、そうした仲間の死体に出会うと……ぞっとして、しばらく足を止めたまま動けなかった。恐ろしかった。自分もこんなふうになって、死ぬ——そう思った。

死体はブクブク脹《ふく》れて、太っているように見えたが……それは、蛆虫の群れが肉体に入り込んで、ムクムク動いているのだった。

臭《くさ》い……異様な臭《にお》いに、吐気がしてきた……あの田舎の道の傍《かたわ》らに捨てられた蛇の死体とか猫の死体とは少し違う——奇妙な臭《にお》いだった……胸がつかえて……また、ゲエゲエ……ゲエエッ……と、吐きだした。いつ見ても、金バエにたかられた死体を見るのは、辛《つら》かった——恐《こわ》かった。

無数の金バエが羽音《はおと》をさせながら、おり重《かさ》なるようにして忙《せわ》しく動き廻っていた……その下の方には白いものが見える……その白いのは、ハエのタマゴだった。

何百、何千と言う白いタマゴは、ほんの二、三日もすると、もう無数の白い蛆虫に変っていった――そして金バエの群れは、日本の田舎で見た、養蜂業者の蜂蜜を採集する巣箱の入口を出たり入ったりする、荒々しい蜂の群れそっくりに思われてくる――

見ているうちに、その動きの凄《すさ》まじさに、恐れをなして、その場をあわてて、立ち去って行った――ジロウが歩きだした後を金バエは全力で追いかけて来て、顔からところかまわず止まるのだった……。

幾度か、そんな死体が横たわっている場所に足を踏み入れたが……もう、怖《こわ》くて、近づくことを恐れるようになった。

人間は、死んでしまうと、肉体は時間を置かずに、たちまち変化して行く――やがて、肉体は腐《くさ》って、膿《のう》と血《ち》と油《あぶら》と汁《しる》になって、黒い色に変って、大地に吸い取られて行くのだった――やがて、皮膚《ひふ》は間もなく、なくなって、白骨に変ってしまう……。

そんな悲しい死体に出会うと、ハッとして、ジロウは、本能的に、自然に足を止めて、両手を合わせて、合掌しながら念仏をとなえていた。

いきなり、思いがけないことだった。不思議であった。

遠くの方に、歌うような……人の声がする。声、声のように聞こえる。人の声だろう？　呟《つぶや》くような低い声が、つづいている。

何か歌のような……念仏のような……声だった。ろうろうと流れてくる……言葉が、ある節《ふし》をなして……つづいている。

ああ、たしかに念仏のように、何かをとなえているらしい……念仏であった。


…………

南無阿彌陀佛《なーまーーんだーぶー》　南無阿彌陀佛《なーまーーんだーぶー》
南無阿彌陀佛　南無阿彌陀佛
南無阿彌陀佛　南無阿彌陀佛

歸命无量《きみょうむりょう》 壽如來《じゅにょらい》　南无不可思議光《なもふかしぎこう》
法藏菩薩囙位時《ほうぞうぼさついんにじ》　在世自在王佛所《ざいせじざいおうぶっしょ》
覩見諸佛《とけんしょぶつ》 浄土囙《じょうどいん》　國土人天之善悪《こくどにんでんしぜんまく》
建立无上《こんりゅうむじょう》 殊勝願《しゅしょうがん》　超《ちょう》 發希有大弘誓《ほっけうだいぐぜい》

五劫《ごこう》思惟《しゆい》之攝受《ししょうじゅ》　重誓名聲聞十方《じゅうせいみょうしょうもんじっぽう》
重誓名聲聞十方　普放《ふほう》无量无邊光《むりょうむへんこう》
无导《むげ》无對光炎王《むたいこうえんのう》　………
——
譬如日光《ひにょにっこう》覆雲霧《ふうんむ》　雲霧《うんむ》之《し》下明无闇《げみょうむあん》
獲信見敬大慶喜《ぎゃくしんけんぎょうだいきょうき》　即横超截五悪趣《そくおうちょうぜつごあくしゅ》
一切善悪凡夫人《いっさいぜんまくぼんぶにん》　——

長い長い読経はつづいている。

声は遠くなったり近くなったり……

読経の声は、時どき聞こえなくなってしまう……

わたしは、夢を見ていた。悲しい淋しい場所を、ただ一人疲れた足取りで歩いていた……歩いては足を止め、辺りに忙しく注意しながら、びくびくして歩いている。

手には、あの飯盒を二つ持って、背負ひ袋をしっかりと背中に背負っている……

何度も何回も、見る同じ夢だった。どうして、同じような夢を見るのか……分からない。

「オレは、いろんな所を歩いて来たが……何処に行っても、ゆっくり休める所はなかった。いつも、あの班長殿のことを思い、死ぬまで、あの人と一緒におればよかった――

そう思って、後悔するのだった。

どうせ、助からないのだから、オレのことを、いつも心配してくれた班長殿と一緒ならば、いろんな話ができたんだが、残念なことをした。――わたしは、他の下士官の人たちと違う……そう感じ取っていたんだが、まさか、こちらから、班長どのの個人的なこと、氏（うじ）素姓（すじょう）を尋ねることはできなかった。班長殿は中学校五年を卒業して、上の学校、高等学校に進学したことを……ほんの別れる直前に、そっと話して聞かせてくれたのだった。――その高等学校は、オレが卒業したあの懐かしい思い出の深い学校だった。偶然とは言え、オレは比島のマニラで初めて班長殿に会った時、あの人がオレの学校の後輩だったとは、知るよしもなかった――

あの人は、もう長い軍隊生活をしてきた歴戦の戦士だったし……ガダルカナルの戦場から生きて帰って来られた。――こわい、軍曹どのだ！ と、そう思って、いつもオレは、声をかけられると……びくびくして、緊張していた――班長殿は、高等学校時代に田舎のご両親を次々に亡くしたために……いろいろあって、高等学校の途中で退学された――

その話を、ずっと語らずに、一緒にインパール作戦に参加したのだった。

道理で、あの人が、いつも、古年次兵に、オレがいじめられて……いびられている時に、何処からか、サッと飛んで来て、助けてくれたのだった――

班長どのは、オレよりも、年は二ツ下だった。信じられなかった。

たいへんいい人だった……あの人のお陰で、オレは助けられ……救われたんだ！

あの班長殿は、オレにむかってこう言われたんだ。『お前をなァ、いや、あんたを、こんな所で、殺すわけにいかんのだよ！

先輩を、ここで殺しちゃ……ご両親に申し訳ないから――退《さが》れ！ 後退してくれ――もう、これ以上、言わせないで、さがって――』――

――今も、あの班長殿は、水に不自由して、喉《のど》が渇《かわ》いておられる……そんな気がして、ハラハラするのだった。

コヒマでも、うまい水を班長殿に飲んでもらいたい――と、いろんな場所に、水を探しに行って、汲《く》んで持って行った――

オレは、いつもあの人に、危ない時に、守ってもらった――助けてもらった恩義《おんぎ》があるんだ……こんな所に、こうして、おれないのだ！　少し休んだら、あの班長殿を探しに行こう……どこかで、きっと会える――

必ず会える！　そう思う。そう信じたい――ここで、少し休んでから……行こう――」

わたしは、そう考えながら、また、ひどい睡魔に襲われて、いつの間にか、うとうとして……眠りに落ちて行った。

四

田舎の、あの懐かしい自分の家にいる……夢を見ていた。
あの声が、あの美しい歌姫の歌う声が聞こえてくる。

待てどくらせど　来ぬ人を

宵待草の　やるせなさ

今宵は　月も出ぬそうな

一
菜《な》の花畠《はなばたけ》に　入日《いりひ》薄《うす》れ
見《み》わたす山《やま》の端《は》　霞《かすみ》ふかし
春風《はるかぜ》そよふく　空《そら》を見《み》れば
夕月《ゆうづき》かかりて　におい淡《あわ》し

二
里《さと》わの火影《ほかげ》も　森《もり》の色《いろ》も
田中《たなか》の小路《こみち》を　たどる人《ひと》も
蛙《かわず》のなくねも　かねの音《おと》も
さながら霞《かす》める　朧月夜《おぼろづきよ》

「ああ、あのひとの声だった……オボロツキヨか!?　朧月夜……そんな夜もあった……田舎の家の畑には菜の花が、いっぱい咲いて、蜜蜂や白いちょうちょう、黄色のちょうちょうが……飛んでいた——月の輝く、丸い丸い月が、きれいに澄んだ空に輝いていた—

あの町《まち》　この町《まち》、日《ひ》が暮《く》れる日《ひ》が暮《く》れる。
　今きたこの道、
かえりゃんせ　かえりゃんせ。
お家《うち》が　だんだん、遠くなる遠くなる。
　今きたこの道、
かえりゃんせ　かえりゃんせ。
お空に　ゆうべの、星が出《で》る星が出《で》る。
　今きたこの道、
かえりゃんせ　かえりゃんせ。

あのひとは、あの二人の弟たちのことを思い出して、歌っているんだろう——空を飛んでいる二人の弟たちのことを思いながら、涙を流しながら歌っているのかも知れない

——

弟思いの優しいお姉さんであった——
ああ、あの『月の砂漠』も、よく歌っていた——

月の砂漠《さばく》を、はるばると
旅の駱駝《らくだ》がゆきました。

金と銀との鞍《くら》置いて、
二つならんでゆきました。

金の鞍には銀の甕《かめ》
銀の鞍には金の甕《かめ》。

二つの甕《かめ》は、それぞれに
紐で結んでありました。

さきの鞍には王子様《おうじさま》
あとの鞍にはお姫様。

――

朧にけぶる月の夜《よ》を、
対の駱駝《らくだ》はとぼとぼと。

――

今頃、あのひとは何処にいるんだろうか？『召集令状』が来た時に、会いたいと思っていたんだが――とうとう諦めてしまった……迷惑をかけるといけないので、仕方なく、思いを断ち切ってしまった――恋か!?

何も彼も終った……美しい、淋しい思いのままに終った――あれも、これも、まるで夢のようだった――父と母のために……何かがあれば、よかったかも知れない――何も彼も通り過ぎてしまった――」

〈ジロウさんに、英語を教えてもらいたい……と、ずっと、思っていました……けれども――ご迷惑になるから――もう、あきらめました……〉

あのひとが、そんなことを言ったこともあった――英語は女のひとには、役に立ちません――と、オレは、答えたのだった。

役に立たない英語だった……

懐かしいわが家、石垣を積んだあの両側の入口の様子も、今も忘れていない。じっと目を瞑《つぶ》っていると、はっきりとその様子が思い浮かんでくる。石の橋を踏んで中に入ると、右手はずっと垣根になっている――そこは低い石垣を積んであった。その上には、垣根になった高い植木が奥まである……入口の左側には石垣の上に大きい古い木が一本立っていた……その榎《え》の木の上のほら穴の中に、フクロウが巣を作って、枝の上の方に、フクロウは棲んでいた。その巣の中には、かわいいヒナの子供をかかえていた――

あれは、六月から七月だったろうか……

夏の夜遅く、フクロウは鳴くのだった。

ホッホ、ホッホ――ホッホ、ホッホ……と、鳴くその声を聞くと、急に顔を上げて、机の上から、外の様子をうかがったりした。

時には縁《えん》の方に出て、井戸のあるそのそばの木に、目を移して……じっと、その声を聞いた。あのフクロウの声は、夜の闇の中で聞くと、ホオホオ、ホッホ――ホッホ、ホッホ……と、鳴くその声は、奇妙な淋しさを感じさせた。ホッホ、ホッホ……今も耳の底に残っていて懐かしい。しかし、この戦場のジャングルには、フクロウの声は聞かれない。

夜が更けて、井戸の水を飲む時は少し淋しかった。怖かった。

朝になると、もうフクロウのことは忘れている……あの井戸水を、ツルベを落として、汲み上げて顔を洗っていた。毎日井戸端に行って、身体を洗ったり、顔を洗っていたのに――もうすっかり、あの井戸のことを忘れていた。

きれいに澄んだ井戸水は、夏は冷たかったし――冬になると、温かい水だった……霜《しも》の朝でも、その井戸の水は白い湯気をたてて、大変気持ちがよかった――夜には、なぜか、子供の頃からその井戸に行くのがこわかった。フクロウが鳴いたりすると……ひどい、こわがりになっていた。そこの古木の所は、夜中になると……不気味な感じになることもあった。父と母は、夜遅くまで、ツルベを落として、水を汲んでいたんだが――

朝になると、あのフクロウは、静まりかえって姿を見せたことはなかった——

村の子供たちは、フクロウの鳴く夏の夜は、心細かったのだろう——夜の八時九時になると、家の木戸の辺りで遊んでいた子供たちの声も聞こえなかった……夜は暗かったので淋しかったのだろう——静かだった。

ホウ、ホウ……ホオホオホオ、ホッホ……あのフクロウの鳴く声も、今は遠い日のことのように思われる——子供の頃は、あの声を非常にこわがっていた——あの死んだ兄さんも、フクロウの鳴く声がすると、外の便所に行く夜など、かならず、「ジロウ、お前もこい！　オレは、便所に行くから……オレと一緒にこい……」と言った。

あの兄さんは、あの時は、まだ生きていたんだ。あの大水の出たあの日まで、兄さんは元気だった。生きていた——


あの人は、オレの家に訪ねて行っただろうか？　もし、あのひとが、父と母に会ったら、母は、あのひとを、オレがいたあの部屋に案内してくれただろうか？……いや、そんなことはないね——あの人が、家にやって来ても、オレは、たいてい、学校にいて、留守だったんだから——道でたまたま会ったくらいで……あいさつして、少し話をしたんだが、内容は何を話したのか思い出せない……多分、オレは、あの人の弟たちのことばかり聞いていた……そんな気がする――

オレのあの部屋に、あの人を通して、いろいろと母が、わたしの話をして……あのロダンの彫刻の写真を、見たら、あのひとは、どう思っただろう――

あの上の方に掛けて飾った、あの「地獄の門」……「あの門」の上には、「三ツの影」がある……あれがわれわれ男たちの〈苦悩〉と〈孤独〉の本当の姿だ！……今、わたしは、ふっとそう思った。そうだった！　あの時は、あの「三ツの影」に、それほど関心はなかった。〈苦悩〉と〈孤独〉だったのか!?

夕暮れになると、お寺の鐘が、ゴーン……ゴーンと遠くまで鳴りひびいて――夕暮れの時を知らせてくれた。

あの鐘の音が……懐かしい。

あの寺の鐘のオトを聞いて、オレたちはみんな大きくなったんだ。あの鐘の音は、小学生、中学生……の頃、ずっと聞いていた――ことを思い出す。

熊本にいた高等学校の時代や大学に進学して博多にいた頃には、家をずっと留守にして、夏休み、冬休み、春休みには、必ず両親のいるあの故郷の家に飛んで帰って行った

——父と母のいる家《うち》に帰って行った……そして、ゆっくりと、のんびりと、家でブラブラして休んで、何も彼も母にあまえてまかせた……いろいろ、面倒をかけていた——

何一つ不自由もしなかった。

あの頃は、夢のようだった。夢のような世界だった——あの頃はイギリスの詩人のトマス・グレイ……トーマス・グレイだった。

あの人の詩が、オレは好きだった。

あの「墓畔の哀歌」エレジィを口にしながら——「……栄光の道は、ただ墓場につづくのみだ——」と、何度も何度も口にして母に語っていた——母は、ただ笑って聞いていた。あの母も、とても素晴らしかった——そして、父も、優しかった。父と母は、トーマス・グレイの詩は、知らなかった。

思い出す——「Elegy written in a country Church—yard」——The curfew tolls the knell of parting day, The lowing herd wind slowly O'er the lea, The ploughman homeward plods his weary way, and leaves the world to darkness and to me. Now fades the glimmering landscape……——あの詩の最初もよかった、好きだった——そして、——

The boast of heraldry, the pomp of power, and All that beauty, All the wealth e'er gave, Awaits alike th' inevitable hour: ── The paths of glory lead but to the grave.──

ああ、いい詩だ！ ああ、思い出す──

でも、もうオレは戻れない……

あの父も、トーマス・グレイの詩は知らない。父は、そのイギリスの詩人のグレイの詩を口ずさんでいた、このジロウ……オレのことを笑っているのだろうか──

──その頃、ジロウの故郷の田舎の家では、年老いた両親は、所在なく、わびしい日々を送っていた。父も母も、ジロウのことを思いだしながら、「ジロウはよく、へんなことを言っていましたね……あの子は、時どき面白い話をしてくれました……」母は懐かしそうに言った。あんなに明るい家庭だったのに、いまは、たった二人きりになってしまって、まるで火の消えた山の中の一軒家にいるような感じの、淋しい暮らしだった。

「おとうさん、ジロウはおとなしい、静かな、いい子でしたね……あの子は、墓に行くのが好きだったし……ひとりで、こっそりと、ちょいちょい墓にいっていたようでした。菜《な》の花や、野の名もない草の花をもって、さしていました。やさしい子でした――

「おとうさん、ジロウは……お兄ちゃんと、おとうとの……ヨシ……のことを、語ってくれました……本当に優しい子でした――

いろんなことを思いだして、遠い日のことを、よく話していました。ひとりで、よっぽどさびしかったんでしょう――ときには、あたしも、あの子が話しているのを聞いていて、おもいだして、ほろりとさせられました――

こどものまえで、なみだなんかみせたら、いけない……と、笑ってごまかしていましたが、あとから、そっとなみだを、ふいたりしたものでした――ジロウは、いま、どこにいるんでしょうか？　熊本の高等学校のときも、福岡の大学生のころも……いろんなことを、手紙に書いて、あたしたちをなぐさめてくれたのに――軍隊に行ってからは、もうはがきもくれなくなったんですから……どんなふうになっているのか――中学校であったあのことで、なにかあったんでしょうか？

気になって、気になって、しかたがないのに――ジロウは、手紙でおしえてもくれない……どうしたんでしょうか、なにかあったんでしょうか？――間もなく、後十日もすれば、……ヨシ坊の命日と、あの長男のイチロウの命日も近づいてきますねえ——

男の子が、あたしたちには、三人もいたのに……あのジロウの——にいちゃんも、おとうとの……ヨシ……も、あっというまに死んでしまいましたね——どの子もかわいい、やさしい子供たちでしたね。いろんなひとから、かわいい、かしこいお子さんで……と、ほめられて、あの頃は、うれしかったわ——

いい子をもつことは、親のほこりで自慢ですからねえ……でも、あんなにみじかい命《いのち》をおえてしまうなんて、とてもとても信じられませんね——どこか、よそさまの所にいっているんじゃないか……と、思ったりしました——あんなに明るい楽しい家庭だったのに——あんなに村の人たちにうらやましがられていたのに……どうして、どうして、こんなことになったのか？　わかりません。

たのしかったあたしたちが、どうしてこんなに……アッというまに、ヤミの世界におとされてしまったんでしょう。——ジロウが、たったひとり残っていて、あたしたちのちからになってくれると……そうおもって、安心してくらしていたのに、あんなことになって——こんなおそろしい戦争になってしまって、若いひとは、どんどんいなくなってしまいました——こんな暗《くら》い、さびしいむらになってしまいました。もう残っている子供たちまで、せんそうごっこや勤労奉仕ばかりして、——へいたいさんになる、へいたいさんになるんだと、みんな言っています……中には、カイグンのスイヘイさんになる……なるんだと、どの子も軍人になるんだと、そういっています。

このせんそうは、どうなってゆくんでしょうか……こわい、こわいんです。

ジロウが、どこにいるのか、わからないのですから。

もう、いろんなひとに「召集令状」がきて、……子供のたくさんいる、あの——さんのところも、とうとう召集されたんですから、どうなってしまうんでしょう——

若いひとばかりじゃありません。三十代のひとから、もう四十になったひとまで、ずっと前にぐんたいのけいけんのあるひとたちは、みんな……ごっそりとられてしまいましたねえ、こんなことで、せんそうは、どうなるんでしょう——時代がどんどんかわって、もう村には、いえ、町にもわかい人はいなくなってしまう——そして、あのジロウまで、あたしから、うばいとられてしまいました。

あの子は、どこにいるのやら、ちっともわかりません。

でも、ジロウは、大学を出ているので、だいじょうぶだと、おもいますが、ジロウは、しっかりした、さとい子供でしたから——そうかんたんには、へこたれないでしょう……

あの子、兄ちゃんを小さいころになくして——あんな川の大水の時に川あそびをして、兄ちゃんがたった一人でフネにのっていて、川のなかにながされてしまった……なんて、たいへんだったんです——

あの日は、めずらしくお兄ちゃんの友だちが、あそびにこなかったので、イチロウ兄ちゃんが、ジロウを呼んで、「川に大水がでているから、みにゆくぞ！ ジロウ、お前もこい……連れて行ってやるから——」そう言ったら、ジロウはよろこんで、ついて行ったんですよ……あんなによろこんでついて行ったのに……あんなことになるとは知らずに。とてもうれしそうにして、ついていったんですよ——そして、あんなふうに、シクシク泣きながら、ショボリしてかえってきたんです。「ジロウ、ジロウ、どうしたの……」と、聞いても、はなしが、はっきり、わかりませんでした。

また、あのイチロウが、ジロウに、一人でお前はかえれ！ と、言って、家《うち》にかえしたんだろう——だれか、ほかの友だちと橋のところで、いっしょになって——ジロウがジャマになって、ジロウに、お前はかえれ！ と、言ったんだろう。そう思ったんですが、ちがったんです。——

——いっていることが、まだ小学生だったので、まだほんの子供だったし、シクシクないて、……おろおろして——〈お兄ちゃんが、川にながれて、行っちゃったんだァ、アーン、アーン……にいちゃんが、あっちに、ながされていっちゃった……〉シクシクないて、せつめいしているのに、お父さんが、しかったりしたので、こわかったんです。

せつめいしても、わかってくれないので……つらかったんです……かわいそうに——もっと、よくきいてやればよかったァ……と、あとになって、たいへん、こうかいしました……あんなに、つらいおもいを、あとで、知らされたんです。あのとき、ジロウについてはしって、たすけに行けば……イチロウが乗ったフネを見つけられたのかも知れません——」

「そうだった。わしも、あの時は、悪かった——あのときは、びっくりして、とっさの考えが、なんでそんなことになったんだ！　……まだ小学校の三年生だった、あのジロウを、怒鳴ってしまった——話がはっきりしなかったし……泣きながら、あの子、ジロウは……お兄ちゃんが川に流されて……いなくなったァ……アーン、アーン、……

——泣くばかりで——やっと、ことがはっきりした時には、もう……ずっと、下流の方に流されて……消えてしまった後だった——

村中の人が、手分けして探してくれたんだが、——とうとう行方は、知れなかった
——

あの時は、すっかりうろたえてしまって……ジロウに強く当ったり、叱ったりして、本当に申し訳ないと、ずっと後になって、ひどく反省したものだった——

ジロウは、いつも兄ちゃん兄ちゃん、って、したっていたのに、兄ちゃんの方は、他の友だちとばかり遊んでいて、いつも、ジロウは取り残されていたんだが……そんなことも忘れて、わしは、あの時は、ジロウを責《せ》めたんだ——兄ちゃんは、自分だけで船を見つけて、その船に乗って遊んでいるうちに、つないであったツナがとけて、あの大水の流れの中に、流されて行ったらしい……もし、あの時、ジロウも一緒に乗っていたら、もう二人とも、この家には帰ってこなかっただろう……あの兄ちゃんが、ジロウを家来《けらい》のようにして、いろんなことを言いつけて、ジロウにはつれなかった——

そんなことも、後になってから、思いだしていたんだ……ジロウは二ツ年下だったから、いろいろ兄ちゃんに、いじめられたんだが、兄弟だから、どうしても長男の方を、

ヒイキにして、わしは、イチロウをかわいがっていたんだろう。

世の中で言う総領《そうりよう》の甚六《じんろく》といって、初めての男の子は、違う目で見て、かわいがっていたのかも知れないね……なかなか、長男と次男を、そっくり同じように扱《あつか》えないからね。

――どうしても、先に産まれた子を大事に思ってしまうんだろう――それでも、ジロウが、いろいろとわしを喜ばせてくれた時には、心からほめてやった――

いろんなことがあった。今になって思うと、ジロウは、自慢の子だったんだ！　みんなから、子供の頃から、かわいがられていたし、憎《にく》めない少年だったんだ――いろんなことを思いだすねえ――

あの長男のイチロウが、初めて産まれた時、嬉しかったねえ……あんなにかわいい、色の白い子が、オレたちの間に生まれて、すっかり有頂天になった。――おお、これは誰に似たんだろう？……と、お前に何度も言ったことを覚えているかい⁉︎　最初の男の子だったので、いやァ、金を、お金をうんと使って祝ってやったんだ――それから、あっと思う間に、五月の節句がやって来て、また思い切って、金を使って、いろんなご馳走を作って、みんなを呼んで、あのイチロウのために祝ったんだ。嬉しくってね……

あの子は澄んだ白目の中に、くっきりと大きい黒目がきらきら光った、あんなきれいな男の子を、いつも心の中で自慢して、親馬鹿ぶりを存分《ぞんぶん》に発揮したもんだった。
あの頃は、毎日が楽しくてね――イチロウは利発《りはつ》そうな目をして、じっとわしを見て、嬉しそうに笑うんだ。大《おお》ゲサな思い上がりをして、この世の中にこんなにかわいい男の子がいるんだ――なんて……そう思うほど、あの子は、――本当にかわいい坊主だったよ。
それが、おれたちの子だよ。家《うち》にやって来た村の人たちが、お世辞ではない、本気で、かわいい、かわいい……と、言ってくれるので、わしも、本当にかわいいと思ってね
――
わしが、小さい手を握って、声をかけると、手足を動かして、喜んで、笑うんだよ。まだ二ヵ月もたっていなかったのに……あんなにして笑ったんだよ。あんな小さい子が、わしの顔を見て、自分の父親だと、思ったんだろうか？ いろんなことがあったねえ……あの頃は、わしらは恵まれていた。あんなに嬉しい、いい思い出が沢山あった
――」

「ええ、ええ、ほんとうに、うれしいことがいろいろありました――あのイチロウが大雨のあとの洪水《こうずい》の時に、あの……川に流されてから、急に、家の中がさびしくなってしまいましたね。ジロウは一人で、あっちの庭の見える部屋に行って、じっと外を見て、何かを思って、悲しんでいるようにみえた――

あんな、小さい子が、一人で考えごとをするなんて、よっぽど、こころにこたえたんでしょう――すっかり、元気をなくして、ずっと沈んでいました――兄ちゃんがいたころは、ほんとうにうれしそうにして、いつも、兄ちゃんの後を追って、あそんでいたんですよ。イチロウに置いていかれたり、帰れ！　といわれて、力なく帰ってきたり、べそをかいて、イチロウ兄ちゃんにつれなくされても、ついて行こうとしていたんですよ……。

でも、あれから、ずうっと、さびしそうにして、いつも一人で遊んでいたんです。

――それから、しばらくして、わたしたちに神さまからのさずかりもののようにして……ヨシ坊を産ましていただいたんです。

あれは、まるで、イチロウの生まれかわりのようだったんです――でも、あれから四年もしないうちに、あのかわいい……ヨシ坊が、ある夜、急にひきつけをおこして、病気になってしまって――あのまま、ひきつけたまま死んでしまうのかと、おろおろしてしまいました……でも、おとうさんが、方ぼう手をつくしたり、あの酢を使ってかがせたり、いろいろやって頂いて、けいれんが取れたんでした……そしてあっち、こっちのお医者さんにかかって、ようやく元気になりそうだったのに、あんなに、いろんなことをして、治療してやった甲斐もなく……ひと月もしないうちに、あの子は、イチロウのところに行ってしまいました。神さまのさずかりものとして、大事にして、育《そだ》てていたのに……ヨシ坊も、死んでしまった――

あんなに、喜んで、ジロウがかわいがってくれていたのに、かわいい……さかりに、あんな病気になって、ゲリがずっとつづいて、げっそりやせてしまって……かわいそうに、ゲリばかりしていて、エキリにかかっていて、もう、食べることも、思うようにならなかったんです。

かわいそうでした。せめて、この家に生まれてきたんですから、何でもほしいもの、たべたいものを、やりたかったんですが、もう、最後の方では、なんにも、口にしようとしなかった――そして、手も足も、すっかり細くなって、栄養失調《えいようしっちょう》になってしまって――死んだようにして、ねむっているんです。

もうすっかり力がなくなって、花がしぼんで枯《か》れてゆくように……死んでしまいました——そのあいだ、ジロウも学校に行っていたのに、いろんな手伝いをしてくれました。ジロウが、あんなに真剣になって、いろいろとやってくれたので——ヨシ坊も、うれしそうにしていたのに……あっというまに、死んでしまいました——ジロウが、かわいそうでした。あんなにかわいがってやったのに……死んでしまうなんて、やりきれませんね——

とうとう、またジロウは一人ぼっちにされてしまいました——さぞかし、さびしかったでしょう——

あたしたちは、まだジロウがいて、あの子のおかげで、淋しさも悲しさも、忘れて、元気を取りもどせたんですが。

しかし、あれからだんだんジロウも成長して中学校を卒業して、熊本に行って学生生活をおくるようになった頃は、もう自分の人生を考えるようになって、いつの間にか、もうたくましい大人になってゆきました。

ジロウが、大学を卒業して、この家に帰ってきて、中学校の先生になることにしたと、話してくれたときは、おとうさんが、あんなに喜んで、ジロウの肩を叩いて、喜んでいらしたのを……いまも、ようくおぼえています。

よかったですね。ジロウが家にかえってきてくれて、本当に助かりました。

――遠くにはなれていると、いつも気になって、こころのやすまることはありませんでした。学校の先生になってから、毎日ジロウのベントウを作ってやったり、いろいろ身の廻りのことを世話ができるようになって、そのうちに、ジロウがやさしいおんなのひとを連れてきて……よろこばせてくれるのを、ずっと楽しみにしていたのに――

あんなことになって、ケンペイタイからあのサイド・カアにのって、えらいケンペイさんがやってきて、いろんなことを聞かれました――わたしたちには、タカラのような、たった一人の息子が、どんなわるいことをしたのか……さっぱりわかりません。

ジロウはアタマのいい子ですから、わたしたちのしらない、大変なことをしたのか……わけもわからずに、びくびくしていました。

しかし、学校からかえってきたジロウは、いつもとまったくかわらない、ふつうの顔をして、〈お母さん、そんなにしんぱいすることじゃない……シンパイいりません。ダイジョウブですよ。ただちょっと、中学校に来た配属将校の――中尉さんと意見が合わなかっただけで――彼を少しおこらせてしまった……

ただ、ちょっとした学校でのアラソイになった……仕方がなかったんだ！　でも、大丈夫、あの人は、そんなにおかしい青年将校じゃないよ――あしたになれば、ぼくが、その人に謝って、申し訳ないことをして――

と、あやまって機嫌《きげん》を取るから、お母さん、そんなに心配しないで……お母さんは心《しん》配《ぱい》症《しょう》だから困るよ――心配することはありません……お父さんにも、心配しないように伝えて下さい――〉そう言って、あたしの肩をやさしくたたいて、じっとあたしの目をのぞいて、安心させたのに――わたしたちにとっては、大切な息子だったのに、とうとうへいたいに取られてしまいました――

あんなに、ダイジョウブ……だと、言っていたんですが、ケンペイタイに呼ばれてから、ほんの短かいあいだに、四、五日もしないうちに……あの『召集令状』がとどいたと、思ったら、もう軍隊に入営することになって――あのジロウも、運がわるかった……

いまごろ――あの子は、ジロウは、どこにいて、どうしているのか？

あんなに、よく手紙を書いて、いろいろ教えてくれたジロウは、どうしたんでしょう……あア、……だれか、だれか、きましたね――だれでしょう……こんな時間に――」

雨は小雨になっていた。わたしは、うとうとしながら、夜の明けるのを待った。疲れているので、短かい夢を見たり、とぎれとぎれに眠ったり、醒めたりしては、さまざまなことを思い出したりしていた。

今、オレが一番、気になって、心配していることは、班長殿のことだ。あの人には、いつも目を配《くば》ってもらって、いろいろな時に、オレは助けてもらったんだから……あの人をオレは、救って、守ってやりたい。

今、あの人は、その後の激戦の中で怪我をしておられるんじゃないか……と、気になって、悪いことばかり……いろんなことを考えてしまう。心の中では、そんなバカなことがあるもんか——と、思って、絶対にそんなことはない。あの人はガダルカナルの生き残りだから——そう思いながらも、もし、撤退してくる戦友たちに出会った時に、あの班長殿が戦死された、と——そんなことを聞かされたら、オレは、もう気力を失って、生きる気持ちがなくなってしまう。

オレは、あれから方ぼう歩き廻って、ずっと一人ぼっちになって、いろんなことを思いだしながら、いつも、心の中にふっと班長殿のことが思い浮かんで、屢々《しばしば》涙して、歩いていた。そして、あの場所を見つけてからは、いつも、こん度班長殿と出会った時には、あの場所に、班長どのを連れて行って、あのきれいな水を飲んでもらいたい……と、思うようになった。

あそこなら、まだ誰も知らない場所だから……きっと班長殿は喜んでくれる。

そこで、水浴びをして身体をきれいにしてから、持っている下着やら何やら……

いろんな物を洗って、さっぱりしてもらう。石鹸があればよいのだが、もうセッケンはないが、何とか、あの水の中につけて、一生懸命洗えば、汚れや汗は落ちて、きれいになるだろう……それから、あの取って置きの岩塩を出して、ニラやニンニク……タケノ子——いろんな食べられる草を探して取って、ご馳走してやろう……何もないが、何とか、うまい物を工夫して食べてもらう——いや、オレよりも、班長どのの方が食べ物はうまいものが作れるんだが——まア、二人で工夫してやろう……なんとかなるだろう

——

あの水の湧いてる所は、探せば、きっと探せると思う。

——オレは、まだそんなにボケてはいない……場所は探せば分かるさ——

もし、その湧き水の出る場所が、見つかったら、しっかりと地形を覚えておいて、案内することにしよう――

まだ、朝は来ないなア……今のうちに、少し横になって休んでおこう――それから、考えることにしよう――

あの年老いて行く父と母のために、オレは死んではならない。あのイチロウ兄さんのためにも――あの……ヨシ坊のためにも、父と母を取り残してはならない……

父と母が、どんなにオレを愛していたか……思い出す度に、胸が痛む。

「お父さん、お母さん……ぼくは、大丈夫ですよ。こんなことぐらいで、へこたれていちゃ……古年次兵に、いじめられて、いびられたことに、じっと耐えつづけた意味がない。ぼくは、生きつづけられますよ……

大丈夫ですよ。ぼくが死んだら、もう何も彼もおしまいになってしまいます……そのうちに、きっと、あの班長殿に会えるんです――きっと、班長殿は、ぼくを探して、後退しておられる……野戦病院も兵站病院も、ずっと立ち寄って、探し廻っておられるんです――だから、ぼくも班長殿のために、きれいな水を汲んで、飲んでもらいたい……

そう思っています――また、眠くなっている……」

そうだ、この左手首の脈がきちんと規則正しく打っている時は、オレの命はちゃんと保たれるんだから、気にすることはない。大丈夫だ――「大丈夫……だいじょうぶ……だいじょうぶ、だろう……」

＊

カラスが鳴いている。一羽ではない。何羽もいるようだった。そのカラスの鳴き声は、断続的に、二、三羽か四、五羽が、じゃれ合っているのか……カァカァカァカァ……カ、カ、カ、……カァカァ、カァカァ……鳴いている。近い所ではないらしい。少し遠い所に、いるらしい……なぜ、あんな風に鳴くのか、理由は分からない。――

人間の死体を見つけて騒いでいるのか？　確かなことは理解できない――

ある時は、カラスが怖い、恐ろしいと思ったこともあったが、今は、もうわたしは、それほどカラスたちを見ても怯《おび》えることはない。

カラスは、生きている人間は、決して襲うことはないことを、知っているからだ。カラスは人家の近くに住んでいる。その周辺には原住民が住んでいる……ことを、知っている……カラスの性格は、鳥の中でも、それほど獰猛《どうもう》な動物ではない。カラスは猛禽《もうきん》では、ないのかも知れない。

しかし、カラスたちも餌がなくて、飢えている場合は、小鳥たちを襲って摑まえて食べたり、ネズミやカエルなどの小動物を捕えて食べたりすることもある……そして、たまには、犬や猫や、人間の子供を襲うこともあるらしい。しかし、滅多にそんな風に飢餓に落ちることはないらしい。

ただし、カラスは、動物の死体には、群れをなして集まって来て、死んだ動物の肉を貪ぼり食っている。山野に倒れて、息を引き取った日本兵は、いつの間にか、カラスの餌になって、白骨になったまま、今は、風雨に晒《さら》されている。

ここビルマの西方地域のチンドウイン河周辺には、無数の日本軍兵士たちの白骨が散乱していた。至る処に、まだ倒れてから、それほど日もたっていない人体が横たわっていた。辺りには、異様な臭いが漂っていた。そして、よく見ると、異様な臭いのする場所には、必ずと言ってよい、無惨な死体が散乱しているのだった。

ある場所のジャングルの中には、ハゲタカとカラスの群れが、死体に群がって、人肉を食い千切って食べているのを見た――ある場所では、死体が散乱して、相変らず黒山になった金バエたちが群がっていて、死体をせわしく舐《な》めずり廻ってうごめいているのを見た。そんな情景に出会うと、わたしの足は金縛《かなしば》りにあったように動かなくなってしまう……

そして、一瞬、遠い日の思い出の中の悲しみが甦ってきて、言葉のない動揺を覚えるのだった。そして、不意に言われもなく、「コル・ニドライ」の曲のチェロの音を思い浮かべるのだった。あれは、学生時代の孤独の思いの中で、ある日、出会った喫茶店の中の鳴り渡るチェロの悲しみのひびき、あれは、ブルッフの「コル・ニドライ」だった……ように思う、あの曲のひびきはチェロの音だった。あの時、初めてオレはチェロの曲を聞いた――あの曲を聞いていると、過去の「死」の思いがはっきりと思い浮かんできて、わたしの心をぎゅっと鷲掴みにしてしまう。

〈ああ、世の中に、こんなに共鳴できる音楽があったらしい。こんな素晴らしい音楽らしい音楽が、曲があったんだ――

ぼくには、あのチャイコフスキーの交響曲第六番ロ短調の『悲愴』や幻想曲《フランチェスカ・ダ・リミエ》作品三二の『アンダンテ・カンタービレ』よりも、このチェロの曲『コル・ニドライ』（マックス・ブルッフ作曲だった）の方が心に染みてくるように思った。あのレコードを探し廻っていて、あった時は、思わず声を上げて「あった、あった！……」叫んでいた。それからずっと、あの「コル・ニドライ」を、よく聞いた――思い出が、悲しみが、自然に湧いてきて、涙することが多かった。マックス・ブルッフ作曲には、他に「ヴァイオリン協奏曲第一番ト短調」もあった。だが、オレには「コル・ニドライ」ほど、心にじんと染みるチェロの曲は、他になかった。「せめて、あのチェロの曲の『コル・ニドライ』を聞いてみたい。死ぬまでにもう一度聞きたい……だが、もうこの望みはかなえられそうにない――」

兄さんを失い……弟をうしなって、一人取り残されてからは『経文』をとなえるようになった。『正信偈』は、とむらいの歌のようになっていた――今も、死者に出会うと、足を止めて、静かに念仏をとなえるようになった。花を探して手向けることはないが、『経文』だけは忘れずに唱《とな》えている――

ああ遠い日のわが家、わが村、わが町、あのとおいい日の思い出の川……田んぼ、畠々、松並木、雲よ、風よ……何も彼も思いだすと懐かしい、あの遠い日の悲しい日々の墓の思い出……心の優しい父と母のことは決して忘れない……大丈夫ですよ。必ず生きて帰ります——

あの家の畠の処に並んで植えてある柿の木の上に、カラスは飛んで来て鳴いていた——アホウ、アホウ、ア、ア、アホウ……邯鄲《かんたん》の夢か？

カラス、ああ、カラスの声が近付いてくる。鳴いている……カァカァカァ……カァ、カァ、カ、カ、カ、カ……あの声はずっと遠い昔、故郷の家の庭の処の柿の木の上にやってきて、鳴いていた、あのカラスの声に、そっくりに思われる。まだ、鳴いている。この木の辺りに……いるのか？　分からない——

ああ、カラスが鳴いている。何処かに人家があるのだろうか？　この近くにビルマ人の原住民が住んでいる——カラスは騒いでいるのではなかった。のんびりした鳴き声であった。カァ、カァ、カァ……今日は六月の何日だろう？　二十五日……だとすれば、あのイチロウ兄さんと……ヨシ坊の命日は、あと十日もすれば、やってくる。

田舎の家では、父と母は、どんな思いで暮らしているんだろうか……ふっとその時、わたしは、あの人の歌を思いだした。

もう一度あのひとのあの声、あの歌声を聞いてみたかった。あの人は、元気に過ごしているんだろうか？　心の優しい繊細《せんさい》なひとだったが、身体はあまり丈夫そうではなかった――幸福になって欲しい。仕合《しあ》わせになって欲しい……あのカラスの声を聞いていると、妙に懐かしい気持になってくる。

オレにも、あんな心の優しい、姉か妹があれば、よかったんだが、あの歌姫の人が、一時、琴を習い始めた……と、聞いたことがあった――あの人は銀行に勤めていたんだが、せめて、もう一度あの人の歌を聞きたい。せめて、もう一度……あの歌を聞きたい……

しばらくすると、その歌声が静かに、風にのって聞こえてきた。「ああ、あの人の声だ！」あの歌が聞こえる。『花嫁人形』であった。

「もし、ぼくに死が近づいているとすれば、オレの記憶が薄れて幻覚が現われる……その時が、オレの生涯の終りの『死』を迎えることになるだろう――」しかし、まだオレは大丈夫だ！「班長殿に会うまで、しっかりと自分のことを報告するまでは、死んではならないのだ！　大丈夫、まだ大丈夫だ！」――

花嫁人形

きんらんどんすの　帯しめながら

花嫁御寮《はなよめごりょう》は　なぜ泣くのだろう
文金島田《ぶんきんしまだ》に　髪結《かみゆ》いながら
花嫁御寮は　なぜ泣くのだろう

あねさんごっこの　花嫁人形《はなよめにんぎょう》は
赤い鹿《か》の子《こ》の　振袖着《ふりそでき》てる

泣けば鹿《か》の子《こ》の　たもとがぬれる
涙で鹿《か》の子《こ》の　赤い紅《べに》にじむ

泣くに泣かれぬ　花嫁人形は
赤い鹿《か》の子《こ》の　千代紙衣裳《ちよがみいしょう》

敵中横断の救出行……金島竜盛（本名・元島石盛）

——整備兵を救出したパイロットの手記

まえがき

これは昭和二十年四月ビルマ撤退作戦における私の実戦記録である。私たちはかく戦った。そうしていま私たちは限りなく孤独なのだ。当時二十歳にも満たぬ若者たちは一銭五厘で駆り出され、まるで裸で放り出された。また死者たちには葬る人さえ持たず、忘れ去られてしまう人もある。

彼らが一体どういう過ちを犯したというのだ。もちろん私は自分の口調が多少上《うわ》ずっていることは承知しているが、あえてこう叫びたい衝動を抑えきれない。一体何を間違えた彼らであったのかと。

私は一切の虚飾を排してここに当時の記録を掲げる。真実を伝えることが、ともすればたかぶってくる私の心を抑えることができるように思われるから。

自分のことを語る愚かさを私もまた充分に承知している。できたら私も沈黙していたい。しかし私は死んだ戦友のために、日々に疎《うと》まれ、忘れ去られてゆく人々のために、ささやかな記念像をこの世に刻みたい。生あるかぎりである。

命がけの救出作戦

昭和二十年四月、わが飛燕戦隊（第七錬成飛行隊）はバンコックのドンムアン飛行場に展開していた。

当時ビルマの制空権は完全に敵手に陥ち、B29、B25、B24、P51、P38の跳梁を許し、私たちは一度シャムのロッブリーに後退、ここから夜間飛行訓練のため、再びドンムアンに転進していたのである。昼間戦闘での惨敗から、夜間戦闘法の急速な錬成が期待され、そのために連日猛特訓を重ね、次期作戦に備えていたのだった。だが、緊迫した状況下にあっては完全灯（完全な夜間照明）の設備は禁止され、必要最小限の灯火がともされるだけだったので、訓練による事故は頻発し、まさに異様な緊張の明け暮れだった。

その月の二十五日、部隊長は一通の電令を受け取った。ビルマのマウビ基地に十名の整備員が残されたままになっており、その頃ビルマの各所に蜂起していた反乱軍と落下傘降下による英軍の攻撃により、危険状態に陥ったのでこれを救出せよとの電令である。

この救出任務の人選に長い協議が行なわれ、そのあげくに私が指名された。思いがけぬ大任である。青天のへキレキという言葉があるが、それはきっとこうした場合のことをいうのであろう。途中でもしものことがあれば、十名の命がないのだと思うと、ひそかな不安にふと動悸さえ覚えた。

出発を急ぎ、一応宿舎に帰って準備を整えピストに入ると、ドンムアン飛行場中隊長の古川一朗大尉に呼びとめられた。

「貴官に兄さんがありませんか」

「ハイ、いま兄はジャワの方だと思います」

「そうだと思ったよ。兄さんそっくりの顔をしているからね、きっとそうじゃないかと思ったんだ」

古川大尉は悠々たる体軀の温厚な顔に親しみの微笑をたたえて私の肩に両手をおき、大きく前後にゆすった。しかし、飛行帽の私をのぞきこむ彼の目は笑っていない。

大尉ばかりでなく、みんなが私の任務の危険さを思って、それぞれにしっかり頼むと私の手を握るのである。同期の戦友たちは不安を隠さず、握る手にも力をこめるのだった。

私はみんなの好意が嬉しかった。わざと屈託なさそうに笑ってみせ、機にかけ寄った。私とて不安ではないはずはなかった。部隊長の決断によってこの重責が私に課せられ、「この危険な仕事をやってのけられるのはお前だけだ。しっかり頼む」といいきかされたとき、私は死の黒い影が私の身体にピッタリと寄り添い、そして私の身体をなだめすかし、その中に入り込んだような気がしていたのだ。

宇都宮陸軍飛行学校時代の筆者

背風十メートルの離陸

暮れるに早いシャムの空には、すでに夕闇が迫り、秋を思わせるような快い風が吹きつけていた。

私は北に向かって滑走し、そのまま引きあげ、翼を大きく左右にバンクして、交互に振って飛び去った。

後で聞くところによれば、背風一〇メートルの中を離陸したという。背風一〇メートルに気づかずに離陸するほど、そのとき私は興奮していたのだった。

この離陸のあとで部隊長の近藤明邦大尉は、搭乗員を集めて、激しく叱りつけたそうである。

「貴様たちはあんなことをしてはならん。背風をあんなに強く受けて飛ぶことは、はなはだ危険千万な話だ。金島（本名元島）は乗り切れるだけの技倆があったから無事にすんだが、みんな背風には気をつけろよ」

ドンムアンを離陸して一時間後、夕闇の中にボッと浮き出たロッブリー飛行場を見たとき、私はもうドンムアンもバンコックも、街も山も川も再び見られないかも知れないと思った。

何だかまだ死ぬには早いような気がして、短い生涯を顧みて無性に自分がかわいそうに思えてくるのだった。座席の計器ガラスの一つ一つに映る顔に、お前はもうしばらくしたら本当に死ぬのか、と問いかけて口をつぐむ。

山影に薄く姿をみせていたロッブリー基地に着陸して、本部に急いだ。

第七錬成飛行隊の三式戦闘機「飛燕」（キ-61）

ルソン島リパ飛行場で訓練を受けた九九式軍偵察機（キ-51）

ここの人事担当の中井農夫男准尉は私の兄事する人である。
私が初めてこの隊に赴任したとき、着陸前に本部やピストの上を超低空で暴れまわったことがあってから、中井准尉と私はすっかり意気投合していたのだ。(それはルソン島デルカルメン基地でのことだった)
その夜はローソクのとぼしい光のなかで顔をたしかめ合い、再会を楽しんだが、私の不安はますますつのるばかりである。明朝早く出発の予定だから、点検を頼むと、整備班に連絡して、部屋に帰り、航空地図に線を入れ、方位を記入し、念入りに航法計画を立てて、飛行準備を整《ととの》えて、早々に床についた。
しかし眠ろうとしても眠れない。目はさえてくる。寝つかれぬままにいろいろなことを思い浮かべた。ビルマの空に散華した戦友、父母のこと、ジャワにいるらしい兄のことなどを。蚊帳のなかにちんまりとおさまった藁ぶとんは、まるで死者の宿のベッドのように思えてくる。じっと身を固くしたまま一点を凝視している私の像は、きっと死者のそれに似ていたかも知れない。しかし、私はとり立てて死のことを考えていたわけではなかった。起きて遺書を認めようとする気にもならなかった。これまでにも、幾度かは強制されて遺書は書いたことはあったが、何故か気が進《すす》まなかったのだ。

翌二十六日の早朝、まだ何にも見えない暗がりの中で当番兵に呼び起こされた。

「やあ御苦労」

と、とび起きざま、身仕度をし、立ち去る前に静かな死者の部屋を見渡したが、死んで残すものとては何もない。心は常になく平静であった。

超低空のバンク

ビルマ転進直前，シンガポールの筆者

朝まだきではあったが、私は最後に中井准尉に会いに行った。顔をみるだけでもいい、とにかく、無性に会いたかった。皆は遠いビルマの空のことを考えているようだった。私の運命の行きつくところを予知してか、胸を一杯にしめつけているようだった。

准尉はあたかも肉親の弟をいたわるよう

に始動車の上の人となった。私たちは何も語らず、ただ顔を見、微笑し合っていた。年齢の差は大きかったが、軍隊という娑婆《しゃば》と隔絶《かくぜつ》した世界が二人を一層強く結びつけたのかも知れない。

東の空が明るみ、四辺の樹木が濃い影となって浮いている。

整備員が五、六人、機についていたが、話声もなく、寂として静まりかえっていた。始動もまだらしい。急がねばと心は焦る。

私は急に何ものかに憑《つ》かれるように愛機に飛び乗った。

「俺は生命を賭けているのだ。俺の死はもう時間の問題なのだ」と心の中で呟《つぶや》いた。

プロペラが回転するころ、周囲はようやく明けはじめて辺りの事物が識別できるようになっていた。

エンジンの温まる暇も与えず、スイッチの切換えを行なった。長いこと使いなれた機は私の心に自信をもたせてくれはしたが、必ずしも完全ではなかった。両手を挙げて合図し、車輪止めをはずさせる。つぎに左手を上げて出発を知らせる。大きくレバーを開いて滑走しはじめる。

離陸しても機首を突っ込んだままで速度をとり、フラップを閉じた。

つぎに高度もとらず左旋回し、今いた場所めがけて突っ込み、そして低空の中で、左手をあげ、翼を左右に大きくバンクさせて何度もくり返して振りながら、羅針盤の針を西に進路をとった。

私は地上で出発前に不快なことを味わうと、必ず上空で仕返しをする。この日も怒りを爆発させるために翼を激しく左右にバンクして振った。投げ捨てるような私の唯一の悲しい反抗なのだ。昨夜連絡していたから、十分整備されたと思っていたのが、意外に始動さえも行なわれていなかったことが腹立たしかった。

夜間照明なしで着陸

しかし、明けきった空に太陽を背に飛行する壮観さは、朝焼けであればなお更のこと、東の空の山の峰の上にかかった雲が、色を変える。灰色から紫色に変わって、あっと言う間にダイダイ色に変わり……太陽が少しずつ顔を上げる……その景色の変化は——空に生きる者だけが味わうことのできるものだ。

その美しさにわれを忘れて飛行すること二時間——ロッブリーからビルマのモールメ

ンのこのコースは、私には初めて飛行する航路であった。このコースは、絶えず敵機が飛んでいる。危険な地域だった。

高度は、用心のために三千メートルから三千五百メートルを飛行しつづける。やがて、泰緬国境《たいめんこくきょう》の二千百メートルのダウナ山脈（Dawna Range）が、眼下に見えた。ここからは、特に警戒しなければ、いつどこに敵機の編隊が飛んでいるか？……分からない。私は緊張しながら、前後、左右、上下を隈《くま》なく、見回しつづけて、やっと山脈を越えた。太陽は背後の空高く、明るく光り輝いていた。わたしは太陽を背にして、二時間飛行して、やがて、無事にモールメン飛行場に着陸した。私はいろいろの情報を集めた。もう戦闘隊は完全にビルマを撤退しており、不気味なほど静かな基地であった。友軍機の着陸も、もうなく、ただときどき英軍機が銃撃にやってきた。また英軍の制空は昼間がほとんどであり、夜間は絶えず偵察である。

モールメンを離陸したときは、日は西に傾いていた。マルタバン湾の夕暮の景色は美しい。敗退を目前にしたビルマの空と海には何の物影もなく、死んだように静まりかえっているようだった。

私は陸地に入って超低空を試み、一時間飛行して、どうにか懐かしの基地マウビに着いた。だが救出を考えると暗さと心細さが身にしみた。その日、四月二十六日の朝は、マウビ飛行場一帯は深い濃い霧に覆われていた……と言う——

長く待った救出の時がついにやって来た。今でもときどき思い出すのだが、彼ら十名の顔は、満面に喜びをたたえていた。そしてその頬には涙が光っていた。

早速《さっそく》、十名の救出順を青柳重孝曹長に決めてもらった。青柳曹長は最後に残ってもらった。

帰還を急ぐ人達の心はどんなであったろう。早く救われたいし、残されて遅くなることは不安の種でもあったろう。私でさえも完全に果たせるとは思ってもみなかったのだ。すぐに離陸に立つ。

「今夜またこられますか?」残った整備員の、その声は暗い。

「夜間設備をしましょうか?」

「限界灯だけでも?」

だが、私には、そのことに答えられなかった。もう一度、ここに来られるか……分からない。

一時間してモールメンに着いたときは、すでにとっぷりと空は暮れていた。

無事に第一回は完了した。何一つ支障もなかった。つづいて二回目。燃料補給を依頼して暫《しばら》く考えこんでいると、急に不安と焦燥に襲われだした。

「夜間照明灯なしの飛行がやれるか。明日にしろ」

と私の声は叫ぶ。そして一方では、救出の重責が私をしめつけてくる。

燃料補給完了。

雲の中から三日月のポツンとした輪郭の月が見えたような錯覚をしていた。

「暗いがやろう」「出発する」と声をあげて機に乗った。

マルタバン湾を再び越えるとき、湾は夕闇の中で静かに眠っているようであった。

高度をとる。速度をかせぐためだ。この一時間ほどの飛行の間、二、三度月が雲から顔を出したような、思い違いをしていたが、全くの闇だった。

原住民のランプの光か何かの明りが、ところどころに見えていたが、基地マウビは滑走路さえも暗く、黒い。滑走路は、はっきり見えなかった。

私は注意力のすべてを事物の把握につとめた。私の眼はすべての事物を吸い込むように緊張していた。

降下に入り、滑走路を探しながら進路に入ったが、ダメだ。完全に見えないのだ。しかし、もう後には退けぬ。私は降下着陸を焦った。復航したとき、進路が滑走路とかすかに交錯しているのを知った。

滑走路の両側の両端は溝。滑走路からはずれると必ず機は破損するのだ。だが、暗闇の中で信ずる方向に機首を向け、第四旋回を長く飛行して、滑走路を探し、降下にはいった。高度五〇メートル、三〇、二〇、五メートル、大丈夫だ。

スルスルと音をたて、車輪が地についたようだった。瞬間ジャンプをくいとめるため、とっさに操縦桿を支えた。すると、ジャンプもなく、昼間《ちゆうかん》飛行の着陸にもまして、静かでみごとな二点着陸（接線着陸）だった。

着陸に全力を注いで、ふっと両側に明りを見て、ハッとした。

「限界灯だ」

ブレイキを踏み操縦桿を一杯後ろに引く。だが、それは意外にも限界灯ではなく、私

飛燕戦隊，バンコックの筆者

の着陸を守るため急いで準備された、たった二つの明りであった。残った人は全員私の機に飛びついてくる。みんな泣いて喜んでいた。懐中電灯に誘導され掩体壕に停止した。

運は天任せの計器飛行

飛行場はすでに滑走路の爆破を急いでいた。「できることなら、明日一日で全部終わって下さい」と飛行場中隊から頼みがあった。もう地雷は附設されていたのだ。飛行機の警備は厳重に行なわれ、三人交代で不寝番をする。ビルマ人の反乱軍と英軍の奇襲がいつ行なわれるかも知れぬ暗い夜だった。

食事前に私はパンの木の実を欲した。かつてこの地で頬ずりしながら食べたパンの実、頭ほどの細長い大きさのゴツゴツとトゲになったカラの中に黄色の甘い実が入っていたその実を。だが、この私のかすかな願いもついに果たされなかった。月夜であった。満月に近い月が、煌々《こうこう》と明るく照らしている。

床につく。枕辺は夕弾（空中爆雷）で一杯だった。その間に重なり合って転がっている小型の爆弾、不意に襲われ、手榴弾一つ投げ入れられれば粉微塵になってしまうこの部屋。不気味な緊張感が私の全身を支配していた。

〝私の愛機よ無事であれ。お前にとっても、俺にとっても――〟

疲れて眠っていたらしい。夜明けに兵に起こされると、身支度をととのえ始動車で飛行場に向かった。

交代で準備を急がせ、明けきらぬ空に始動した。プロペラの回転は好調ではなかった。点火栓の音か何かかすかな不調音があった。

次いで、運ぶ人たちが、私が伝えた通り……三名が、やってきた。

離陸には思い切ってフラップを開いて上がった。夜通し飛んでいたモスキート（英偵察機）に不安を抱いていたが、その朝は影も見られなかった。

暗かった空はいつか雨を交えて、風防ガラスに激しく雨粒がなぐりつけてきた。行手は暗い黒雲におおわれている。

私は低空でフラップを閉じ、右旋回し、高度を下げた。これは雲上より雲下が無事と思ったからだ。しばらくして雲が低く垂れさがる中をついに乗り切って、かろうじてモールメンに到着した。

燃料補給を急いで、雨の中に天気実況図を開いて見ると、意外にも、その雲は不連続線だ。マルタバン湾上空を南北に一直線に割っている。「しまった」と思ったが、出発することを決意した。今通った雲下の緊張を考え、雲の上に出ることにしたが、雲の高度はわからなかった。

高度二〇〇〇、三〇〇〇メートルまでのぼったが、雲は切れていない。完全に雲の中に入ってしまった。私には計器飛行の自信はなかった。またこの機（九八式直協偵察機）には、それを行なうほど完備された計器はなかった。ただ頼るものは高度計と速度計と傾斜計だけだ。私は操縦桿を両手で握り天に祈った。

生死の境を彷徨

私は、おかしなことに思われるかも知れないが、危機に立ったとき、必ず誰かが導いてくれると信じていた。

左前方に星の流れるような火花を見る。〝これだ〟とふっとそんな気になって、そのまま真っ白な雲の中に突っ込んだ。外は窓を包む白い雲の重なりだけであった。速度計は刻々と目盛りを刻む。

日本陸軍の九八式直協偵察機（キ-36）

三〇〇、四〇〇……キロ、と震動は不気味だった。今にも翼のつけ根がふっ飛ぶように、右手から全身をふるわせる。私は操縦桿を一杯引いてレバーを全閉した。だが、このときは完全に姿勢を見失っていた。と、たちまち失速点をフラフラである。

あわててレバーを開き、操縦桿を前に一杯支える。これは全く瞬間のできごとである。以後はこれを繰返すだけである。

「死ぬにはあまりにも若過ぎる」と私は一声うなった。そしてつぎにくる自爆の瞬間を待った。

海中深く突っ込む時間は、瞬間ながら長いようだった。

不意に操縦桿がぶれる。「ぶつかった！」と、ぐいと操縦桿を引いた。しかし、まだ海面数十メートルはあったのだろうか？　後方座席の天蓋は開いたままむざんに裂けていた。

動悸は陸地にはいっても止まなかった。結んだ口は動かなかったが、血走る眼光の奥にかすかな涙を私は意識した。

マウビに着いたときは遅くなっていた。着陸して機を抱いて思わず泣いた。

「良く戦ってくれた。良くやった」

これが私の感慨のすべてであった。残った人々が集まってくると、私の意外な血走った眼と涙に、恐れと心配をもって見守っていた。

「どうかしましたか？」

私は再び機に上り、座席の天蓋に手を置き茫然自失、生きた抜《ぬ》け殻《がら》のように天を仰いで突っ立っていた。

「凄かった」

たった一声低くつぶやいた。誰にもその意味はわからなかったであろう。

しだいに天候は荒れて行く。今朝早く通過したときはあれほどでなかったのだ。しかし、英軍の飛行はその日に限ってなかった。天候不良が幸いだったのかも知れない。心魂ともに疲れ果て、私の眼は狂ったように動こうともしなかった。

パゴダへの回想

燃料を補給して、三たび私が出発を決意した時は、すでに十一時を過ぎていた。天候はますます悪くなって行く。マルタバン湾を横ぎる不連続線がこんなに憎く感ぜられたことはなかった。疲れているときの目測は危険であり、測定困難である。海上三〇メートル、海面を這いまわるようにして進路を探し求めた。風防ガラスはビショビショの雨だ。雨と黒雲はその不気味さで私の心を震え上がらせた。

激しい雷光が左右翼の近くを幾条にもかすめる。

雷光は左右前後を包む。豪雨は激しく窓を叩く。私は後方座席を見た。三人の兵は蒼白になって、声もなく外に垂れ下がる雲と近付く雷光にいいしれぬ恐ろしさを味わっていたのだろう。三人の手は合掌していた。私は再び顔を振り向けて、自信ありげにニッコリ白い歯を見せて笑った。蒼ざめて血の気を失った三人の顔に再び血の気が浮かんできた。しかしそれはほんのかすかであった。

進路はジグザグで、シッタンの河口から海岸を三〇メートルか二〇メートルを飛行のままである。

マルタバン湾河口にきてホッと息をついた。激しい雨の中を飛行して、無事モールメン飛行場に着陸した。それから——四回目に最後の二人、青柳重孝曹長と他の一名を乗せて——ピストン輸送は無事に終わった。

こうして私は二十七日までに全員の救出に成功したのだった。不安な任務の往復飛行を完全に果たした。——

——振り返ってみれば、私は運がよかった！　わたしは幸運《こううん》であった……と、しみじみ思う。昨日、四月二十六日の夕方、やっと、敵機を避《さ》けて、久し振りのマウビ飛行場を見た時、滑走路が無事であることを確認して、以前のように場周を警戒し、注視しながら、着陸降下に入った。フラップ（下げ翼）を開いて、着陸した。何事もなかった。飛行場は無傷で無事であった。

駆け寄って集まって来た、部隊の整備員十名全員は、元気で無事であった。

みんなは、私の顔を見て、涙を浮かべながら笑顔を見せてよろこんでくれた。

「よし、急ごう——」〈オレが、十名全員救出してやる。必ず俺が救出してみせる……心配するな！〉と、私は低い声で呟《つぶや》いた。

直ちに救出順位を決めてもらう。先ず二名を後方席の一《ひと》つの座席に搭乗させることにした。しばらくすると、先発の二人がやって来た。私は、切羽詰《せっぱつ》まった場合だから、彼らは、身ひとつに背負ひ袋に銃（三八式歩兵銃）を携帯《けいたい》しているだけだと――思っていたのに、全く意外だった。彼らは大きい天幕の包みをかかえて、やって来た。

〈こいつら、何を考えているんだ……〉

「貴様らは、何を――」私は怒りを覚えて、思わず怒鳴ろうとして、自分の心をぐっと押さえた。怒ると、きっとこの救出任務は失敗する……そう、瞬間思った。彼らが荷物を後方席に積み込んでいるのを、黙ってじっと見ていた。

出発前に、ここマウビ飛行場大隊の将校の人（中尉？）だったか、その人から、頼《たの》まれた。中尉は申し訳なさそうな端正な顔をして、「――今、われわれ飛行場大隊の全員には、このマウビ飛行場の基地を撤収《てっしゅう》して……直ちにペグー山系に立《た》て籠《こも》るように作戦命令が出ています。飛行場の滑走路は地雷を敷設《ふせつ》して、速《すみ》やかに爆破して、撤収《てっしゅう》せよ！……との命令です。できれば明二十七日までに、整備員の救出を終るようにして下さい。敵の英印軍の戦車部隊の機甲部隊は、もうトウングーを占領して、街道を南下して、ラングーンに向かって進撃中です――急がないと、非常に危険な状況ですから、明日まで、救出を終って下さい……」と、念を押して頼《たの》まれた――

私には、明日まで全員を救出できるか？　分からない。私は急いで滑走路の端に飛行機を地上滑走して、くるりと向きを変えて、そのまま、離陸に移った。

ブレーキをぐっと踏んで、フラップを大きく開いて、レバーを一杯に開いて滑走した――何事もなく第一回は、離陸して――モールメン飛行場に着陸した。何も障害はなかった。英軍の敵機も私を襲《おそ》ってはこなかった。

運がよかった。二回目のモールメン飛行場の離陸は遅くなって、夜になってしまったが、何事もなく、無事にマウビ飛行場に着陸した。問題は、二名ずつ後方席に乗せて、運ぶと、どうしても、五回は往復しなければならない。五回の往復は、もう無理だろう。危ない……一回目に二人は運んだ。そして、今、二回目の片道の往路は無事にすんだ。

さアーて、どうするか⁉……二回目は、明朝《みようちよう》にする。考えに考えた上で、もうこれ以上、夜間飛行は無理だ！　急がなければ……と、思うのだが、危険だと直感してしまう。

マウビの兵舎の夜は、不安だった。

ビルマ軍の叛乱軍と英軍の奇襲が、いつ、あるのか？　分からない。予想できなかった。

直協（九八式直協偵察機）は、無事に夜を迎《むか》えられるか……気になった――

しかし、四月二十七日の朝は明けようとしていた。私は身仕度をして兵舎を出た。始動車に乗って、飛行場に向かった。

二回目は、三名を後方席に搭乗させることを、伝えてあった。無事に離陸できるか？全く判《わか》らない。初めての体験であった。

それでも、どうしても、三名を運ばないと、もう、どうにもならない――時間がないのだ！　五回は、もう無茶だ！　急ごう――

マウビ飛行場大隊の人達に、絶対に迷惑をかけてはならない。みんな、飛行場大隊の人々、全員が気にして、私の離陸と着陸を見守っている。もう、五、六日前から、この飛行場に発着する飛行機は一機もなかったのだ。

みんなの頼《たの》みを裏切ってはならない。

必ず、中尉殿の頼みは、果たさねばならない。そのためには、二回は、どうしても、後方席に三名を乗せて運ぶしか、他に方法はない。私は用心し、細心の注意をしながら、二回目の離陸には、フラップをこれ以上開いたら、危ない！　と思うほど、大きく開いて滑走路の端に直協機を正置《せいち》した。後方席の連中三名は、これも変らず、大きい荷物を機体の中に積み込んでいた。――〈これで、無事に浮揚《ふよう》するのか？　判《わか》らない〉――私は無心になっていた。この飛行機の「諸元《しょげん》」を、しっかり心に刻《きざ》んで、ブレーキをしっかり踏《ふ》んで、レバーを一杯開いて、操縦桿をしっかり前に支《ささ》えて、ブレーキの足を離して、滑走し始めた。速度はだんだん加速している。

私は滑走中に、ブレーキの左右を交互に、ちょこちょこと踏みながら、速度をつける工夫をして、緊張して、離陸滑走をつづけながら、なかなか後方の尾部《びぶ》が上がらないことに――神経を使う。尾輪《びりん》が地に付いたまま、飛行機は離陸しない――滑走路はだんだん先が短《みじか》くなっている――前に支えている右手は操縦桿の重みで、骨が、今にもポキッと折れそうな不安に襲《おそ》われる――操縦桿を戻《もど》したら、もう終りである。滑走路の端までに、機体が浮揚《ふよう》しないと――オレは死ぬ。右手を緩《ゆる》めたら、終りだ！　危ない……首筋が痙攣《けいれん》するように震えて引きつる……右手全体が痺《しび》れて、痛《いた》みを覚える。しかし、操縦桿を離せない――戻《もど》してはならない……ずっとそう思いつづけているうちに、やっと、尾部《びぶ》が上がって、浮《う》いた――その瞬間、機体は、さっと滑走路を離れて、機体は浮揚し始めた。

右手の操縦桿の支えが、やっと軽くなった――重圧から解放された。楽《らく》になった。

――助《たす》かった！　浮揚《ふよう》した！

それでも、私は操縦桿を前に支えながら、力《ちから》を緩《ゆる》めなかった。速度を取るために、低空飛行を続けていた――

同じように、三回目も後方席に三人を乗せて、離陸には、最大の注意心を集中しながら、操縦桿をしっかり前に支えて――無事にマウビ飛行場を離陸して、低空飛行を続けながら、フラップ（下げ翼）を閉じて、慎重《しんちょう》に飛行した。どうにか第一旋回を終ると、モールメンの方向に向かって東の方位に羅針盤の針を合わせて、飛びつづけた。――

――今も、あの時の右手の操縦桿の重みは、私の記憶の底に残っている。――

それから四ヵ月足らずで戦いは終わったが、飛行場に残された地上部隊の人たちは生きて帰ったろうか。シッタン河から筏で漕ぎ渡った人たちの話もきいたが、マルタバン湾は広いのだ。その日から間もなくマウビもラングーンも敵の手中に落ちたのだった。

薄倖《はくこう》の人たちが互いに生命をかけて戦ったあのビルマの基地マウビ、ミンガラドンも、私の戦友が、仲間が、赤い血に染み、火焔に包まれ永遠に消えて行った空であり大陸なのだ。私たちが飛ぶとき、あのラングーンの空高く聳えていた金色のパゴダをいつも目標にしていたものだ。タヴォイの基地から幾十回となくあのパゴダに向かって私たちは飛んだ。海も陸も霧深くとざされていても、三〇〇〇メートルの高度から降下すると、金色に輝く美しいそのパゴダが見られたのだ。神々しいまでに美しい輝きだった。殺戮《さつりく》などどこにもなかったように、その中には人生を生き抜く崇高な僧の姿があったのだ。下に敬虔《けいけん》な祈りがあるのに、空には殺戮があった。

あれからずっと戦いの中を彷徨《ほうこう》し数多くの基地を渡ったが、再びモールメンもミンガラドンもマウビにも行くことはできなかった。

戦いに行った人々は決して忘れない。殺戮の悲哀と惨めさと、耐えねばならぬあらゆる苦難を、そして全き孤独の味わいを。マンゴーの木の下で、ゴムの林の下で、多くの人たちが月の光にそっと床を抜け出して考え込み、戦いの空しい勝利の日を待ちわびていたのだ。

ただ一人そっと木に寄り添って、青白い月の光に悲しく訴えていたあの遠い日々、笑って飛び去り、ふたたび還らなかった人たちの霊の、永遠に安らかならんことを祈りつつ筆を擱《お》く。

(昭和33年7月、雑誌「丸」掲載)

小説 地獄の門

二〇〇〇年一一月二四日 第一刷

著者 八《や》筈《はず》清《きよ》盛《もり》

発行人 浜 正史

発行所 元《げん》就《しゅう》出版社

〒171-0022 東京都豊島区南池袋四—二〇—九
サンロードビル三〇一
電話 〇三—三九八六—七七三六
FAX〇三—三九八七—二五八〇
振替〇〇一二〇—三—三一〇七八

印刷 東洋経済印刷

ISBN4-906631-60-6 C0093